U0882933

智慧熊
SMART BEAR

阅读强 | 少年强 | 中国强

专家审定委员会

贾天仓　河南省语文教研员

许文婕　甘肃省语文教研员

张伟忠　山东省语文教研员

李子燕　山西省语文教研员

蒋红森　湖北省语文教研员

段承校　江苏省语文教研员

张豪林　河北省语文教研员

刘颖异　黑龙江省语文教研员

何立新　四川省语文教研员

安　奇　宁夏回族自治区语文教研员

卓巧文　福建省语文教研员

冯善亮　广东省语文教研员

宋胜杰　吉林省语文教研员

董明实　新疆维吾尔自治区语文教研员

易海华　湖南省语文教研员

潘建敏　广西壮族自治区语文教研员

王彤彦　北京市语文教研员

张　妍　天津市语文教研员

贾　玲　陕西省西安市语文教研员

励志版名著的 6 个关键词

“领悟性阅读”是人生成长过程中不可或缺的要素。如何用精品名著唤醒天性、唤醒心灵、点燃智慧之灯，同时兼顾学生学习的现实需要呢？

✦ 第一个关键词：价值阅读——“成就有价值的人生”

有价值的人生从价值阅读开始。在阅读的重要性与紧迫性已成为共识的情况下，最根本的问题就是读什么和怎么读。为此，励志版名著致力于通过对经典名著的价值解读，培养学生一生受用的品质。

✦ 第二个关键词：励志——“本书名言记忆”

一句名言可以影响人的一生。在供学生阅读的众多名著版本中，励志版名著是以励志为核心理念的。一本好书，必能启迪人心，滋养人的精神。因此，我们专注于传递名著中宝贵的人生经验和成长智慧。

✦ 第三个关键词：兴趣——“无障碍阅读”

针对阅读经验较少的学生，励志版名著依据《现代汉语词典》《辞海》《汉语大词典》等权威辞书对疑难字词进行注释，并参考相关资料对人物、好句等进行注解，从而帮助学生实现名著的无障碍阅读，激发学生的阅读兴趣。

✦ 第四个关键词：导学——“名师导学3-2-1”

名师门下出高徒。励志版名著邀请全国一线名师、教研员倾力把关“名师导学3-2-1”，强调在导学的基础上自主学习，把阅读延伸到书外。

✦ 第五个关键词：彩图——“图说名著”

全品系七百多幅精美插图，配以言简意赅的文字，达到“图说名著”的生动效果，这对提升学生的阅读兴趣，使其更好地理解每一本名著的意蕴，无疑会有很好的帮助。

✦ 第六个关键词：课标——“全课标素质解读”

强调课标与素质阅读的结合，是本丛书明显的特征。部编版语文教材中所选用的名著篇目，都在其中占有一席之地，倡导了“每一本名著都是最好的教科书”的理念。

简言之，我们殚精竭虑，注重每一个细节。因为，一个人物，拥有一段经历；一段故事，反映一个道理；一本好书，可以励志一生。

让名著发挥它人生成长导师的基本功能吧！

励志版名著编委会

无障碍阅读

彩插励志版

中国古代神话

ZHONGGUO GUDAI SHENHUA

闻 钟 主编

南方出版社
·海口·

图书在版编目(CIP)数据

中国古代神话 / 闻钟主编. — 海口 ：南方出版社，2019.6（2025.5 重印）

（新课标必读名著 ：彩插励志版）

ISBN 978-7-5501-5468-1

Ⅰ. ①中… Ⅱ. ①闻… Ⅲ. ①神话－作品集－中国－古代 Ⅳ. ①I276.5

中国版本图书馆 CIP 数据核字(2019)第 123914 号

中国古代神话

ZHONGGUO GUDAI SHENHUA

闻 钟 主编

责任编辑:任才杰
出版发行:南方出版社
社　　址:海南省海口市和平大道 70 号
邮政编码:570208
电　　话:(0898)66160822
传　　真:(0898)66160830
印　　刷:河北燕山印务有限公司
经　　销:新华书店
开　　本:920mm×1280mm　1/16
印　　张:11
字　　数:104 千字
版　　次:2019 年 6 月第 1 版
印　　次:2025 年 5 月第 13 次印刷
定　　价:22.80 元

如何进行价值阅读

——《中国古代神话》以“神农盗谷种”为例进行解读

故事简介

听说天上有能结出美味果实的谷种，神农便下定决心去取一点儿来，让人间的百姓也可以种出美味的粮食。走这一趟很不简单，他先后经受了白胡子仙人的考验、谷神的捉弄和天兵天将的追捕。既要爬树取乌鸦巢，又要充当牛拉犁；既要推石头上山，又要变成天狗渡银河，好不容易才狼狈地盗回了谷种。

价值解读

1. 关于勇气

为了考验神农是否具备勇气，白胡子仙人要求神农把古树上的乌鸦巢取下来。神农才爬上树没多久，乌鸦便飞了出来，用嘴啄他，用爪子抓他，弄得他浑身是伤。但神农没有因此退缩，还掏出弹弓打落了乌鸦。可怕的还在后头，乌鸦巢一直往上升，停在了树顶一根细细的树枝上。那根树枝不停地左右晃动着，一不小心就有掉下来的危险，可神农还是克服了恐惧，咬着牙往上爬，终于取下了乌鸦巢。

价值启示：怯懦是阻拦我们向前开拓的敌人，勇气是帮助我们克服困难的战友。有了勇气，等于拥有了强大的精神力量，其他珍

贵的品质也会自然而然地出现在你身上。

2. 关于智慧

谷神要求神农把一块光滑的大石头从山脚推到山顶，而且中途不能让石头落下。可是，每次把石头推到一米多高的地方，石头都会往下滑，神农试了十几次都没成功。他没有继续蛮干下去，而是静下心来，想了个办法：在山上搭若干平台，平台之间相距一米，这样一来，每往上推一米，就有一个平台托住石头，石头就不能往下滑了。

价值启示：智慧，能帮助我们更好地生活。只有勤于思考、善于观察、乐于学习的人，才能不断积累生活经验，不断增长能够点亮人生的智慧。

3. 关于谨慎

神农完成了谷神提出的两个要求后，谷神不得不按照约定把金灿灿的谷种交给他。神农对一直捉弄他的谷神没有丝毫怀疑，一拿到谷种就高兴不已地回到了人间。结果，等了半个多月，那些被埋在土里的谷种都没有长出禾苗来。原来，谷神给他的谷种是已经蒸熟了的，根本不可能种出粮食。神农又一次被谷神捉弄了。

价值启示：谨慎是我们的强力保护盾。古人说：“失败于后，不如审慎于先。”这句话的深层含义是，谨慎对待每一件事，才能够最大限度地避免失败。

女娲全神贯注地捏更多的小泥人。看着那些捏好的小泥人在林间奔跑，在草地上打滚，在水中嬉戏，她的烦恼与寂寞就在顷刻间消失得无影无踪。

前不久，自从一个小女孩淹死在东海之后，这只鸟就不知从哪里飞来了。它既不捕食小鱼，也不捕捉昆虫，只是每天一刻不停地从发鸠山方向衔来一些小石头、短树枝，将它们投到东海里。

就这样，愚公带着子孙们开工了。他们凿石头，挖土，用簸箕和箩筐把石块、泥土运到渤海边上。邻居京城氏的寡妇有一个儿子，听说了这件事，也一蹦一跳地赶来帮他们的忙。

嫦娥衣袂飘飘，越飞越高，越飞越远。她望着独自垂泪的羿，伤心不已，却无能为力。

娥皇和女英悲痛万分，一直哭了九天九夜，眼睛哭肿了，嗓子哭哑了。到最后，泪水流尽，她们竟哭出血来。她们的血泪洒在了九嶷山的竹子上，竹子上出现了点点斑痕，有紫色的，有纯白的，还有血红的。

望帝生前爱护人民，死后仍然惦念着百姓的生活，每到农耕季节，他总是飞到田间地头，“布谷——布谷——”地啼叫，提醒百姓赶快耕作，不要错过农时。

阅读规划

阅读时间建议

本书建议用两周时间读完，具体建议如下：

第一周：《中国古代神话》精选了三十三个神话，你可以每天抽出一个小时，按照书中的排列顺序，阅读四或五个神话，用一周的时间完成整本书的阅读和相关习题。阅读过程中要注意及时记录自己的疑问和体会。

第二周：先用三天时间，根据自己第一遍阅读的经验，围绕感兴趣的专题，选取相关的神话进行精读，与同学、朋友交流阅读成果。然后用四天时间，思考各个神话人物身上有哪些优点和缺点，然后以人物卡片、手抄报、课件等形式展示你的结论。

阅读方法指导

神话用自己的方式解释了天地的形成、人类万物的起源以及自然界中各种现象的产生。它把人加以神化，通过塑造具有超人力量的英雄形象，表达人类征服自然的愿望。

阅读本书，可使用圈点批注的方法来辅助阅读，把文章的重点、难点、精彩之处圈点出来，写下自己的阅读感悟，这样做有利于日后重读时进行更深入的思考。

在完成本书的阅读后，可选取未被选入本书的中国古代神话进行拓展阅读，如《伏羲兄妹造人烟》《炎黄之战》；也可选取外国古代神话进行比较阅读，如希腊神话、北欧神话、日本神话。这样，可以更全面地了解远古人类的生活，体会他们的思想感情。

名师导学 3-2-1

3 个阅读要点

◎神话往往借助想象把种种生物和自然现象拟人化，阅读时要充分调动自己的想象力，走进这一个个神奇的幻想世界。

◎神话其实是我们的祖先对世界万物及各种现象的解释，其中包含了古人改造世界、征服大自然的美好愿望，阅读时请仔细体会。

◎通读全书，仔细体会一下神话在内容、情节、人物塑造上有哪些独特之处。

2 个知识要点

◎书中的神话充满了丰富的想象，这些都是远古先民的智慧结晶。想象是知识的翅膀，尝试发挥你的想象力去解释我们周围常见的事物。

◎书中的神话，情节曲折生动，感情爱憎分明，人物形象生动鲜明。请在写作中，学习通过具体的情节与语言来表现人物性格的叙述方法。

1 个成长要点

◎古今中外有许许多多的神话，有的讲述了英雄人物为了人类的利益努力奋斗的事迹，教会我们无论做什么事都要有坚持不懈和勇于奉献的精神；有的介绍了聪明勇敢的人们战胜恶人的故事，鼓励我们凭借智慧和勇气战胜困难；有的让我们体会到了人与人之间珍贵美好的感情；有的告诫我们不要盲目自大；……总之，这本书一定会让你获益良多。

目 录

CONTENTS

盘古开天辟地

导读

在人类诞生之前，这个世界是什么样的呢？万物赖以生存的泥土、空气、阳光、水分等从何而来？有人说，盘古苏醒之后，挥一挥手中的大板斧便创造了世界……创世可不是这样简单的事，盘古做的可不少。让我们一起来看看他具体做了什么吧！

在遥远的太古时代，天和地还没有分开，宇宙还是模糊一团的状态，如同一个巨大无比的鸡蛋，里面没有东西南北，没有日月星辰，没有江河湖海，更没有人类。时光飞逝，不知道过了多少个日夜，这个“大鸡蛋”中终于孕育出了一个叫盘古的神灵。他从“大鸡蛋”中吸收营养，就像未出生的胎儿在妈妈的肚子里一样。

很快，一万八千年过去了，盘古从一个胎儿成长为一个奇大无比的巨人。有一天，他突然苏醒过来，睁眼一看，发现到处是漆黑一片，什么都看不清。他想舒展一下蜷(quán)曲了一万八千年的筋骨，可是“大鸡蛋”就像鸟笼一样束缚着他，使他动弹不得。他觉得难受极了，便用尽全力向前撞，可“大鸡蛋”只是略微晃动了一下，很快又恢复成原来的状态。

愤怒的盘古张开巨大的双手到处乱抓乱摸，突然摸到一个硬邦邦的东西，原来是一把大板斧。他不管三七二十一，抓起板斧向“大鸡蛋”砍去，只听得轰隆一声巨响，“大鸡蛋”被砍出一条大裂缝，顷刻间，耀眼的光芒从裂缝中射了进来。这时，“大鸡蛋”中一些轻而清的东西冉冉上升，变成了天；另外一些重而浊的东西慢慢下沉，变成了地。活动的空间变大了，盘古放声欢呼起来。然而，欢呼还没结束，那个裂缝就开始一点点地变小，这下盘古可着急了，生怕天地会再次合拢，世界会重归黑暗。于是，他叉开双脚，稳稳站住，举起双手，奋力顶天。他立于天地之间，随天地的变化而变化，天每升高一丈，他的身高也增长一丈。

就这样，盘古孤独地站在天地之间，夜以继日（日夜不停）地工作。又一个一万八千年过去了，这时候盘古的身体已经很长了。同时，他也发现头顶的黑暗已经变成了湛蓝色的天空，脚下也已经变成了黄褐色的大地，世界变得清晰无比，天地已经不会再合拢了。

此时，盘古已经耗尽了所有的力气，他长长地舒了一口气，慢慢地躺在大地上，含着微笑闭上了沉重的双眼。就像我们人类一样，他也有死去的一天。在他死之前，他的身体发生了奇异的变化：他的左眼变成了火热的太阳，照耀大地；右眼变成了皎洁（jiǎojié，明亮而洁白）的月亮，驱散黑暗；他的头发和胡须散向天空，化成了满天星斗，点缀着美丽的夜空；他嘴里呼出的气息，变成了清风薄雾，汇成美丽的人间风光；他高亢的声音，变成了惊雷闪电，演奏出壮丽的乐章；他雄伟的身躯变成了连绵起伏的三山五岳；他赤热的鲜血变成了江河湖海，奔腾不息；他的肌肤变成了千里沃野，催动着万物生长；他的汗毛变成了树木花草，供人们欣赏；他洁白的牙齿变成了石头和金属，供人们使用；他辛勤的汗水变成了雨露，滋润万物……

啊，太伟大了，盘古竟然创造了这么美丽的一个世界，他是当之无愧（kuì）的英雄！

成长启示

盘古开天辟地之前，世界只是一片混沌，漆黑一团，盘古生活在其中，不能动弹。于是他拼尽全力去开天辟地，创造了一个美丽的世界，虽说牺牲了自己的生命，但成就了一个有意义的人生。比起在黑暗的天地里浑浑噩噩地过日子，盘古的创世实则是一个不错的选择。现实生活中，我们也要树立一个远大的目标，只有有所追求，我们的生活才更有意义。

要点思考

1. 盘古身体的各个部位分别变成了什么？

2. 在盘古身上，你看到了哪些值得我们学习的优良品质？

写作积累

●动弹不得　夜以继日　连绵起伏　奔腾不息　当之无愧

●在遥远的太古时代，天和地还没有分开，宇宙还是模糊一团的状态，如同一个巨大无比的鸡蛋，里面没有东西南北，没有日月星辰，没有江河湖海，更没有人类。

●他的左眼变成了火热的太阳，照耀大地；右眼变成了皎洁的月亮，驱散黑暗；他的头发和胡须散向天空，化成了满天星斗，点缀着美丽的夜空。

女娲造人

导读

闻着花香，听着鸟语，望着一片秀丽山川，这是多么美好而惬意的事啊！可是，神通广大的女娲心里，孤寂感日益强烈。她会想出什么方法来排遣这种消极的情绪呢？

自盘古开天辟地以来，世界上有了日月星辰，有了山川草木，后来还有了鸟兽鱼虫。不知什么时候，天地间出现了一个神通广大的人身蛇尾的女神，名叫女娲。

女娲飞行在这莽莽（mǎngmǎng，形容原野辽阔，无边无际）的原野上空，放眼四望，山岭起伏，江河奔流，丛林茂密，花草葱茏，百鸟飞鸣，群兽奔驰，鱼儿嬉戏。这世界是那样美丽多彩，可她总感到有一种说不出的寂寞。日复一日，年复一年，她的孤寂感越来越强烈，连她自己也弄不清楚这是为什么。

有一天，女娲来到河边洗脸。忽然，她发现澄澈（chéng chè，清澈透明）的水中除了平时常见的小鱼外，还有一个忽隐忽现的影子。女娲冲这个影子笑，这个影子也冲她笑；她皱眉，影子也跟着皱眉；她离开水边，招呼影子随她过来，影子却没了。女娲灵机一动，心想："世间各种生物都有了，偏偏没有和我一样的生物。如果能创造出像我这样的生物来，这个世界肯定会变得很热闹。"

但是，该如何创造它们呢？女娲随手抓起一把泥，边团边想。她愁眉苦脸地望着水中的影子，水中的影子也愁眉苦脸地望着她。"嘿，有了！"女娲看着手中的泥团，一个念头陡然（突然。陡，dǒu）而生，"我何不照着这个影子捏个小泥人呢？"

女娲心灵手巧，很快就将手中的泥团揉成一个娃娃样子的小东西，然后照着水中的影子捏了胳膊、手掌，又捏了鼻子、眼睛、嘴。为了让小泥人能够立在地面上，女娲没有按照自己的模样给它捏蛇尾，而给它捏了腿和脚掌。说也奇怪，这个小家伙刚一接触到地面就马上活了。女娲冲小泥人笑，小泥人嘴一咧，也笑了；她假装生气，小泥人也绷起了脸；她高兴得拍手叫好，这时候，小泥人竟然张开双手，扑到女娲怀里，嘴里叫着："妈妈！妈妈！"还兴高采烈地又是跳跃又是欢呼。

女娲给她心爱的孩子取名叫"人"。人虽然小，但因为是神创造的，相貌举动都和神相似，因此看起来有可以管理宇宙的非凡气概。女娲的目光久久地注视着身边的小泥人，一阵阵的幸福与满足涌上心头，她想："我要让这些可爱的小生灵遍布在天地间，我要让小泥人们用奔走的活力和动听的声音来丰富这个世界。"

女娲带着这样一种心情全神贯注地捏更多的小泥人。看着那些捏好的小泥人在林间奔跑，在草地上打滚，在水中嬉戏，她的烦恼与寂寞就在顷刻间消失得无影无踪。女娲不知疲倦地忘我工作着，一直工作到晚霞布满天空，月亮发出了幽光，她才稍微休息一下。第二天天微微亮，女娲就赶紧起来继续她的工作，捏了多久，捏了多少，连她自己也记不清了。渐渐地，她捏小泥人的速度变慢了，后来，筋疲力尽的她不得不停下来，靠在河边的一棵大树上休息。

天地是如此广大，女娲工作许久也没有实现她的愿望。“怎样才能更快地造人呢？照这样的速度，什么时候才能让人遍布世界呢?”女娲折下一根树枝，一边想，一边有一下没一下地搅动脚下的水和土。“唉，好累呀，先休息一下吧。”女娲把树枝一扔，准备好好睡一觉。树枝上带了许多泥浆，这一甩，许多泥点儿便落了地，立即变成了蹦蹦跳跳的小泥人。它们和先前用黄泥捏成的小人儿一样“妈妈！妈妈!”地喊着跳着，欢快的声音飘荡在女娲的周围。

发现了这种简易造人方法的女娲非常高兴，于是取来一根长长的藤条，把它伸入河中，将河里浑黄的泥浆搅起来，然后把藤条向地上一挥，泥点儿一落地，就变成了一个个小泥人。看着自己的孩子越来越多，不久就要遍布大地，女娲高兴极了。

高兴之余，女娲又忧虑起来：“人类总要死亡，自己这样造下去，何时才是尽头啊!”她苦思冥想（深沉地思索。冥，míng），终于想出了一个绝妙的办法，决定把自己捏的小泥人分成男人和女人，让男人和女人结合去创造和养育后代。这样，女娲就再也不用辛苦地造人了。

从此，人类就开始自己孕育生命了，并且世代绵延。很快，人类就遍布在世间的各个角落。

成长启示

读完全文，我们发现女娲造人的过程并不是那么简单，但是最终她还是完成了这一伟业。这就告诉我们，不要被眼前的困难吓倒，只有大胆地行动，在实践中摸索，才有可能找到解决问题的方法。

要点思考

1. 女娲创造人类的原因是什么？

2. 你还知道哪些关于“人类诞生”的神话故事？对比一下，这些故事与“女娲造人”有什么异同。

写作积累

● 神通广大　灵机一动　愁眉苦脸　心灵手巧　兴高采烈
全神贯注　无影无踪　筋疲力尽　苦思冥想

● 女娲飞行在这莽莽的原野上空，放眼四望，山岭起伏，江河奔流，丛林茂密，花草葱茏，百鸟飞鸣，群兽奔驰，鱼儿嬉戏。

● 女娲随手抓起一把泥，边团边想。她愁眉苦脸地望着水中的影子，水中的影子也愁眉苦脸地望着她。

伏羲攀天梯

导读

天梯连接人间与天庭，是天神上天下地的主要通道，往往高耸入云，人们即使发现了它的存在，也很难有足够的能力攀天梯，更不用说上天庭了。可伏羲做到了！他竟然沿着天梯建木的细长树枝爬上了天庭！

远古时代有一个华胥（xū）国，那是一片极乐之地。那里没有政府，也没有首领，人们没有什么欲望和不良嗜（shì）好，他们对待所有事物都采取顺其自然的态度，心态非常平和，生活十分美满。这里的人与普通人有所不同，寿命很长，走进水里不怕被水淹，走进火里不怕被火烧，在天空中来往就像走在平地上一样平稳、自如，不会被云雾遮挡视线，也不会被雷霆搅乱听觉。

在这片极乐国土上，有一个美丽的无名姑娘，后人都称她为华胥氏。有一天，她到林木繁茂、风景优美的雷泽游玩，偶然发现了一个巨人的足印。雷泽的居民中，能留下如此一个大足印的就只有雷神了。他是一个长着人的头、龙的身子的天神，每拍打一下自己的肚子，就会在空中放出一个响雷。华胥氏觉得这个足印奇怪又有趣，便用自己的脚去踩了一下，没想到竟因此怀孕，不多久就生下了一个儿子。她给这个孩子取名为伏羲（xī）。

父亲是天神，母亲是极乐国土的女儿，伏羲自然也跟普通的孩子大不相同。比方说，他能够攀缘天梯，像天神那样来往于人间、天庭。

离华胥国不远，有一个名叫都广之野的地方，那里草木常青，花朵芬芳，吸引了许多鸾鸟和凤凰。在都广之野的中央，有一棵名叫建木的大树，形状十分怪异：细长、光滑的树干笔直地插入云霄，两旁不生枝条，只在树的顶端长出一些弯弯曲曲的树枝，盘绕起来像伞盖；树根盘曲交错。神奇的是，一拉它的树干，就有软绵绵的扯不断的树皮落下来。更神奇的是，站在树下大吼一声之后，四面八方都不会传来一点儿回响，声音消失在虚空中，仿佛钻到了一个看不见的洞里。

孩子们都喜欢围着这棵树玩耍，可没有谁能像伏羲那样沿着建木爬上去。

有一次，伏羲不停地往上爬，爬得比以往任何一次都要高，慢慢地，他看不见周围的树木了。再往上爬一阵，连附近的山峰也看不见了，而原本高高在上的白云此刻正在他的脚下。陌生的景象让伏羲有些胆怯，可他转念一想："再往上爬说不定就能见到新奇的事物了！"他马上把恐惧抛到了脑后，鼓起干劲继续往上爬。不知过了多久，眼看着就要接近树冠了，伏羲非常高兴。可这时，突然有一股巨大的力量拉了他一把，他一下子慌了，紧张地闭上了眼睛。过了好长一段时间，等到再也感觉不到身体的移动，伏羲才放下心来睁开双眼。眼前是一座庄严华美的宫殿，许多漂亮的亭台楼阁都笼罩在一片闪耀的光辉里，而他正坐在长廊里洁白、冰冷的地板上。站起来往远一点儿的地方看去，水池里的水清澈见底，水面上有一道道金色的光环，许多长得像鹏的大鸟在水池上空盘旋。伏羲从没见过这样美丽的地方，不由得看呆了。

这时，从远处走来一位和蔼的白发老人。伏羲连忙上前去问："老爷爷，这是什么地方呀?"那白发老人仔细打量了伏羲一番，说："这是天庭啊，是天神住的地方。你是怎么上来的?"伏羲也不十分清楚自己是怎么来到天庭的，面露困惑："我在都广之野爬树呢，爬着爬着，不知怎的就被一股奇怪的力量拉了上来。"白发老人听了这话，马上就知道是怎么回事了。原来，建木是连接人间与天庭的天梯之一，是天神来往人间、天庭的主要通道，伏羲是攀着天梯来到了天庭。白发老人笑出声来："你这孩子真了不得，竟能攀着天梯来到天庭，将来必定大有作为啊!"

天梯不是人工打造出来的梯子，而是天然形成的。天神、巫师常常通过天梯往来于人间和天庭，做下宣神旨、上报民情的工作。天梯有山和树这两种。其中，具有天梯性质的树就只有建木这一棵。建木位于天地的中心，各方天帝要上天或下地，都得沿着它的树干爬上去或爬下去。在伏羲之前，还从没有人能够像天帝一样攀这座天梯。

那时，天庭与人间还未隔绝开来，天门常常向所有人打开。发现攀天梯的乐趣之后，伏羲常常沿着建木爬到天庭去游玩。

成长启示

如果没有对未知事物的好奇心，伏羲就算天生拥有神力，也不能成功攀天梯上天庭。是好奇心打败了他心中的恐惧，让他能够勇往直前。曾有人说："好奇心是学者的第一美德。"这是因为好奇心能够引发求知欲，使人获得钻研知识、探求答案的动力。然而，对坏事的好奇心往往对人产生负面影响，甚至使人脱离正道，做出不利于自己、他人，乃至社会的事。因此，在保持一颗好奇心的同时，要避免盲目和冲动，辨明是非，分清善恶。

要点思考

1. 伏羲是怎么上到普通人很难到达的天庭的？
2. 伏羲身上具备哪些因素，让他能够成功抵达天庭？

写作积累

●在都广之野的中央，有一棵名叫建木的大树，形状十分怪异：细长、光滑的树干笔直地插入云霄，两旁不生枝条，只在树的顶端长出一些弯弯曲曲的树枝，盘绕起来像伞盖；树根盘曲交错。

●站在树下大吼一声之后，四面八方都不会传来一点儿回响，声音消失在虚空中，仿佛钻到了一个看不见的洞里。

伏羲的创造

导读

伏羲最大的心愿就是让人们吃饱穿暖，过上无忧无虑的生活。为了实现这个目标，他苦苦思索宇宙的奥秘，努力创造有利于全人类生存发展的工具。伏羲创造了哪些东西呢？这些东西对人类的生活有什么帮助呢？

在很久很久以前，世界上还没有出现语言、数字、思想，人们对空间、时间都没有充分的认识。那时候，人们靠打猎和采集野果为生，可四季变换和恶劣的自然环境使人们无法稳定地获得食物，他们总是饱一顿饥一顿的，生活很艰辛。

伏羲是那个时代的发明家和领导者。他智慧过人，心系万民，见人们辛勤劳作却依旧吃不饱穿不暖，心里很是痛苦。

“我一定要想出能解决人们吃饭问题的办法来，让所有人都开开心心地过日子。”伏羲暗下决心。

伏羲一有空闲，就会盘腿坐在卦台山的山顶，苦思冥想，希望能发现蕴藏在大自然中的奥秘，琢磨（zuómo，思索；考虑）出造福万民的好法子。他抬头观察日月星辰的变化，低头思索山川风物的发展规律，长年累月、风雨无阻地坚持着。

有一天，伏羲正坐在卦台山的山顶思考时，忽然听到了一阵洪亮而奇怪的吼叫声，紧接着一只奇怪的动物从附近的一个山洞里跑了出来。它长着龙头和马身，伏羲管它叫龙马。

这匹龙马跑出来后，看了伏羲一眼，然后就停在了河心的石头上。伏羲感到好奇，又见它温驯（温和顺从。驯，xùn），便走近去看。他在龙马背上发现了一些奇特的图案，便仔细地观察起来。

龙马站立的这块石头名叫分心石，形如太极，与龙马身上的图案搭配在一起，似能反映出什么，伏羲渐渐有所领悟。他连忙摘下一片大树叶，将龙马背上的图案画在上面。

伏羲刚一画完，龙马就好像知晓了什么一样，仰天嘶叫一声，随即腾空而起，转眼就消失不见了。

伏羲认为，这图案是上天给他的启示。从这天起，他结合自己对万事万物的观察，认真地研究树叶上的图案，最终绘制了一幅八卦图。他以“——”为阳爻，“— —”为阴爻，并用这两个符号组合出八种不同的图案，构成八卦。八卦象征着宇宙中的八大现象——天、地、山、泽、水、火、风、雷，囊括（把全部包罗在内。囊，náng）了世间万物的信息，解开了众多自然之谜。人们可以借助它推演出事物的变化和预测事物的发展，从而更顺利地寻找食物和开展生产活动。

除了创制八卦，伏羲还教会了人们结网捕鱼。

有一天，他一边散步，一边思考解决吃饭问题的办法，走着走着，就来到了河边。这时，一条又肥又大的鱼突然跃出了水面，不一会儿，又一条鱼跃出了水面。伏羲注意到了水里这些肥美的鱼，有了一个想法：这些鱼又肥又大，说不定很好吃。他打定主意，立马下河捉了一条鱼带回家去。

伏羲把鱼分给大家吃，结果人人都吃得津津有味，纷纷夸赞鱼肉鲜甜。伏羲见大家对鱼很是满意，便对他们说："既然大家都觉得好，那我们以后就动手捉鱼，这样就没那么容易饿肚子了。"从那以后，大家时不时地到河里去捉鱼，十分欢喜。

然而好景不长，一天，龙王带着龟丞相浮上了水面，凶神恶煞（shà）地对伏羲说："谁让你们来捉鱼的？你们人这么多，是要把我的子民都捉走吗？快停下来！"

人们都被龙王震慑（震动使害怕。慑，shè）住了，不由得松开了捉鱼的手。可伏羲没有被龙王吓倒，他冷静地对龙王说："你不让我们捉鱼，那我们吃什么？"

龙王气冲冲地说："你们要吃什么可不关我的事，但就是不能捉我的鱼！"

伏羲说："好，我们不捉，那我们饿肚子的时候没有吃的，就只能喝水了，把河水都喝干了，看你们水族怎么办。"

龙王听伏羲这么一说，胆怯了。如果人类真把河水喝干了，他自己乃至整个水族都性命难保呀！可一想到要放任伏羲等人捉他河里的鱼，龙王心里就不是滋味。正在进退两难之际，龟丞相凑到龙王耳边，给他出了个主意："您看，这些人都是用手捉鱼的……我们可以给他们定个规矩，只要他们不喝干河水，就让他们捉鱼，但不能用手捉。这样一来，他们就不能喝我们的水，也捉不了鱼了。”

龙王一听，高兴得哈哈大笑，于是对伏羲说：“只要你们答应我两个条件，想捉多少鱼都可以。”伏羲问：“什么条件？”龙王得意地一笑，说：“第一，不能喝干我的河水；第二，不许用手捉鱼。你们若是答应，我们就算是说定了，日后谁也不能反悔。”伏羲想了想，答道：“好，我答应你。”

龙王以为伏羲上当了，便带着龟丞相得意扬扬地回家了，殊不知伏羲另有谋划。

原来，伏羲打算发明一件捉鱼的工具。然而，回家之后，他日夜思索，好几天过去了仍旧没有好的想法。这天，他走出家门散心，正巧看见两根树枝之间，有一个蜘蛛吐丝结成的网，那些蚊子啊，苍蝇啊，都被蜘蛛网给网住了，脱逃不得，蜘蛛因此获取了美味的食物。见到这个情景，伏羲脑海里蹦出了一个主意。他赶紧上山找了一些葛藤，用来编了一张网，像蜘蛛结网那样；然后找来两根木棍，将它们呈“十”字绑在网上；最后拿来一根长棍，把长棍的一端绑在“十”字的中心位置。一个捞网做成了。

他把捞网放进河里，手握长棍在岸边静静等待。过了一会儿，他把捞网往上一提，网里净是活蹦乱跳、又肥又大的鱼。他高兴极了，连忙回家去，把这方法传授给大家。从此以后，人们就都用网来捕鱼了。龙王看到这样的结果，虽然生气，却没有任何对策，只能眼睁睁地看着自己的子民落入人类手中。庆幸的是，人们捕鱼并非毫无节制，他们只抓能填饱肚子的量，还放走了初生的小鱼，让它们能够茁壮成长，繁衍后代。

成长启示

伏羲创制八卦，除了基于对龙马背上图案的研究，还基于自己对日月星辰变化和山川风物发展的观察；发明捞网，教给人们结网捕鱼的方法，是基于对水里游鱼和蜘蛛结网捕食的观察。伏羲的故事告诉我们：如果没有对生活细致入微的观察，就难以创造出有益于人类生存发展的新发明。

要点思考

1. 跟同学们讨论一下，伏羲身上有哪些值得我们学习的好品质。

2. 除了本文提到的八卦和结网捕鱼，你还知道哪些关于伏羲创造发明的传说？

写作积累

● 长年累月　风雨无阻　津津有味　好景不长　凶神恶煞
进退两难　得意扬扬　活蹦乱跳

燧人氏钻木取火

导读

没有火，人们就难以抵御严寒；没有火，人们在夜里就什么也看不见；没有火，人们就没有健康的饮食。火是多么重要的东西啊！为了让大家能更好地生活，燧人氏踏上了寻找火种的旅程。他能成功地“取火”归来吗？

在远古蛮荒时期，人们不知道有火，也不知道用火。到了夜里，四处一片漆黑，野兽的吼叫声此起彼伏，人们蜷缩在一起，又冷又怕。由于没有火，人们只能吃生的食物，所以经常生病，寿命也很短。

天上有个大神叫伏羲，他看到人间生活这样艰难，心里很难过。他想让人们知道火的用处，于是大展神通，在山林中降下一场雷雨。随着咔的一声，雷电劈在树木上，树木燃烧起来，火苗很快就演变成熊熊烈火。人们被雷电和大火吓着了，四处奔逃。不久，雷雨停了，火焰在雨水的浇打中熄灭了许多，夜幕降临，雨后的大地更加湿冷。逃散的人们又聚到了一起，他们惊恐地看着即将燃烧成灰烬（物品燃烧后的灰和烧剩下的东西。烬，jìn）的树木。这时候有个年轻人发现，原来经常在周围出现的野兽的吼叫声没有了，他想：“难道野兽怕这个发亮的东西吗？”他勇敢地走到火边，发现身上好暖和呀。他兴奋地招呼大家：“快来呀，这火一点儿也不可怕，它赶走了野兽，给我们带来了光明和温暖！”人们又发现不远处被烧死的野兽发出了阵阵香味，这时才意识到自己已经饿得肚子咕咕叫了。人们聚到火边，分吃烧过的野兽肉，觉得从没有吃过这样的美味。人们感受到了火的可贵。他们捡来树枝，点燃火，每天都安排人轮流守着火种，不让它熄灭。

可是一天晚上，天下起了大雨，人们唯一的火种被浇熄了。他们重新陷入了黑暗和寒冷之中，觉得灾难将要降临人间，痛苦极了。于是，人们在冰天雪地里赤裸（luǒ）着身子向神灵表示自己的忠诚，诚惶诚恐（惶恐不安）地乞求上天的怜悯（liánmǐn，对遭遇不幸的人表示同情）。

最先发现火的用处的年轻人叫燧（suì）人氏，他愤怒地呼喊着：“上天啊，你真是残忍啊！你既然把火赐予我们，为什么还要如此折磨我们呢？”

大神伏羲听到了他的话。夜晚，伏羲来到燧人氏的梦里，告诉他：“在遥远的西方有个燧明国，那里有火种，你可以去那里把火种取回来。”年轻人醒了，想起梦里大神说的话，决心到燧明国去寻找火种。

燧人氏立即开始了寻火之旅。他翻过高山，涉过大河，穿过森林，历尽艰辛，终于来到了燧明国（四字短句简洁明了地交代了燧人氏跋山涉水的过程，富有节奏感）。可是这里没有阳光，不分昼夜，四处一片黑暗，根本没有火。燧人氏非常失望，就坐在一棵名叫“燧木”的大树下休息。突然，他眼前亮光一闪，又一闪，把周围照得很明亮。他立刻站起来，四处寻找光源。这时候他发现，就在燧木树上，有几只大鸟正在用短而硬的喙（huì，鸟兽的嘴）啄树上的虫子。只要它们一啄，树上就闪出明亮的火花。燧人氏看到这种情景，脑子里灵光一闪。他立刻折了一些燧木的树枝，用小树枝去钻大树枝，树枝上果然闪出火光。可是，火光只是一闪，没法燃起火来。燧人氏不灰心，找来各种树枝，耐心地用不同的小树枝去摩擦大树枝。燧人氏将小树枝立在大树枝上，盯着一个点不停地旋转小树枝，慢慢钻出一个小坑来，时不时地溅起火花。他试了很多遍。终于，大树枝上冒烟了，很快火就燃起来了，燧人氏高兴得流下了眼泪。

他历经千辛万苦，终于回到了故乡。人们团团围住燧人氏，等待着火种出现的神圣时刻。燧人氏小心翼翼地从怀中掏出几根小树枝。

“怎么是树枝啊？火种在哪里呢？”在人们失望的目光中，燧人氏不慌不忙地走到一棵大树前，折下一根比较粗大的树枝，然后拿着小树枝使劲地在大树枝上钻。小树枝像个训练有素的芭蕾舞者，左转，右转，往复循环，毫无怨言。

人们起初是满腹疑问，突然，一个人叫出了声音："火！火！"人们看见亮光与温暖从那树枝上喷发出来，顿时欢呼起来："我们有火种了！"

"哈哈，我们已经掌握取火的方法了，可以自由地支配火了！"燧人氏向人们高声宣布。

于是人们学着他的样子，拿起树枝不停地钻着。"火！火！火！"人们从来没有如此激动地呐喊过，火从来没有如此平易地与他们亲近过。

燧人氏为人们带来了永远不会熄灭的火种——钻木取火的办法，从此人们再也不用生活在对寒冷和黑暗的恐惧中了。人们被燧人氏的勇气和智慧折服，推举他做了首领。

成长启示

燧人氏为了取得火种，翻过了高山，涉过了大河，穿过了森林……历尽了千辛万苦。之后，他不惧失败，反复试验，最终学会了钻木取火，为人类做出了巨大的贡献。现实生活中，我们也要明白：不经一番寒彻骨，怎得梅花扑鼻香？要想有所作为，就要不怕艰难，勇于进取，坚持奋斗。

要点思考

1. 你认为燧人氏是一个怎样的人？

2. 有人说，人类能够"取火"，最大的功劳在大神伏羲身上。你怎么看？

神农盗谷种

导读

要得到谷种可真是不容易，神农为此吃了不少苦头，先后经受了白胡子仙人的考验、谷神的捉弄，以及天兵天将的追捕。神农是怎样闯过这重重难关，取得谷种的呢？

太阳神炎帝，又是农业之神，被称为“神农”。当他诞生在人世间时，人类已经数量众多，自然出产的食物已经不能满足人类的需求。为了帮助人类，神农到天上去取得谷种，教给人类播种五谷、收获五谷的方法，还教给他们用自己的劳动换取生活所需的道理。经过一段时间的辛勤劳动，终于迎来了丰收的季节，人类的饥饿问题得到了缓解。

在此之前，神农为人类取得谷种的过程充满了波折。

神农听说天上有能结出美味果实的谷种，便下定决心要到天上去取一点儿来。他历经千辛万苦，走了很远的路才找到一位白胡子仙人。传说白胡子仙人什么都懂，神农认为他一定能告诉自己上天取谷种的方法。

白胡子仙人对神农说："你的来意我已经知晓了，可到天上去取谷种并不容易，我得先考验考验你。"他思索片刻，指着不远处的一棵千年古树说："那棵树上有一个乌鸦巢，每天早晚乌鸦叽叽喳喳地叫，吵得我心烦意乱（形容心情烦躁，思绪纷乱）。你去替我取下那个巢吧。"

神农听了，二话不说就爬上了树。乌鸦见有人上树，纷纷飞出巢来用嘴啄他，用爪子抓他。神农身上多处受了伤，流了很多血。一手抱着大树，一手去抓乌鸦根本不管用，神农赶紧换了个方法。他用两腿紧紧夹住树干，然后掏出弹弓，瞄准乌鸦，把它们一只一只地打落。

没有了乌鸦的攻击，神农继续往上爬。可奇怪的是，不论神农往上爬多少，他跟乌鸦巢的距离一直没有改变。原来，乌鸦巢也在不停地上升，慢慢地升到大树顶上一根细细的树枝那儿了。神农小心翼翼地爬向乌鸦巢，可越往上，树枝就越细，还一直晃个不停，根本就无法抓稳。突然，狂风大作，树枝被吹得簌（sù）簌作响，似乎随时要折断。神农心里有些害怕，可一想到自己的目标与使命，再望望近在咫尺（形容距离很近。咫，zhǐ）的乌鸦巢，他马上鼓起干劲，咬咬牙，继续往上爬，终于把乌鸦巢取了下来。

白胡子仙人的考验并没有到此结束，他说："年轻人，取得乌鸦巢只能说明你很勇敢，但光有勇气往往会变得鲁莽，要想把事情做好，还得有智慧。我这里有一颗明珠，珠子里有一条小小的弯弯曲曲的通道，你得让这根细如发丝的麻线穿过这条通道。"他把明珠和麻线交到了神农手上。

神农盯着明珠和麻线看了好一会儿，又看了看四周，很快就发现了一个好帮手。他捉来一只蚂蚁，将麻线系在蚂蚁的脚上，然后把蚂蚁放在明珠的洞口，轻轻吹了一口气，把蚂蚁吹进洞里去。不一会儿，小蚂蚁带着麻线从通道的另一端爬了出来。

白胡子仙人捋（lǚ）了捋胡子，笑呵呵地说：“很好很好，年轻人，你很聪明。恭喜你，你通过我的考验了！你拥有勇气与智慧，相信能够从天上获取谷种。”他交给神农一件衣服，又说：“我得给你一个忠告，天上守护谷种的谷神既凶狠又狡猾，你千万要当心，不要上了他的当。”

“仙人您放心吧，您的话我都记住了。”说完，神农披上白胡子仙人给的衣服，飞了起来，一直飞到天上的宫殿。他见到了谷神，并向谷神说明了自己的来意。

谷神笑着对神农说：“你处处为人着想的精神令我很感动，我愿意把谷种交给你。但是，在我把谷种交给你之前，你得为我做两件事。这两件事做好了，我就立即给你谷种；但如果做不好，就别怪我不讲情面了。你觉得呢？”

神农坚定地回答：“好，我答应您。现在请您告诉我，我需要为您做哪两件事。”

谷神微微抬头，望向远方，喃喃说道：“眼下正是春耕播种的时候，可我的牛生了病，没法耕地了，你可以代替它帮我耕地吗？”

神农说：“您放心吧，我保证完成任务。”

神农把绳子套上肩头，拉起了犁。然而，他竭尽全力拉了半天，绳子勒着肩膀把皮肉都磨破了，犁还是纹丝不动。谷神一点儿情面也不讲，见神农拉不动犁，便挥动鞭子抽打神农。即使如此，神农也一声不吭，紧咬牙关，继续奋力向前。可惜的是，犁依旧丝毫未动。神农实在累极了，便坐下来打算休息一会儿。这时，谷神扔下犁，走到远处的田埂上去大便。神农感到奇怪，心想："谷神要大便，直接在这块地里不行吗？为什么要去那么远的地方？难道粪便会对土地产生什么影响？"他犹豫了一会儿，决定趁谷神不注意，大胆地做个试验。他翻身爬了起来，在田里拉了一泡大便。在这之后，土地比之前疏松多了，他拉起犁来也轻松了许多，很快就完成了任务。原来，粪便能够让土质变得松软。

谷神见耕地难不倒神农，非常生气。他马上就跟神农说明第二个任务："在山脚那儿有一块巨石，你得一口气把它推到山顶上，中途不能让石头落下。"那是一块光滑的大石头，每次把它推到一米多高的时候，它都会往下滑。神农试了十几次都没成功。再这样蛮干下去可不行，得动用智慧，想个好办法。神农不再急着推石头，而是坐下来开动脑筋。想了很久，他终于想到了一条妙计：每往上一米就搭一个平台来托住大石头，这样它就不能往下滑了。神农用这个办法，成功地把大石头推到了山顶。

谷神被气得直吹胡子瞪眼睛，却又无可奈何（指没有办法），神农的表现近乎完美，他实在挑不出刺儿来。有言在先，谷神也不能抵赖，只好拿来金灿灿的谷种交给神农。神农高高兴兴地带着谷种回人间，没有发现自己转身之后，谷神脸上露出了得逞（坏主意实现，达到目的。逞，chěng）的笑容。

一回到人间，神农就把谷种播种到田里，满心期待地盼着禾苗出土。可是，半个多月过去了，禾苗没有破土而出。

神农不知哪里出了差错，便去向白胡子仙人求教。怎料，白胡子仙人对他说：“年轻人，你被谷神骗啦！他给你的哪是能发芽的谷种呀，那是已经蒸熟了的，永远都不会发芽。真正能发芽的谷种全都在天上的晒谷场里。”

听了白胡子仙人的话，神农转身又要上天，白胡子仙人忙拉住他说：“你别着急！听我说，晒谷场有许多英勇的天兵天将守着，不容易进去。我给你这颗宝珠，它应该能给你带来许多帮助。有了它，你就能让自己的外形随意变化。记住了，别再大意了。”

神农谢过白胡子仙人，便披着他之前给的衣服，向上一跃，飞到了天上的晒谷场。只见宽广的晒谷场上铺满了金灿灿的谷种。神农没有贸然行动，而是观察了一阵周围的事物，然后拿出宝珠，摇身一变，变成了一只麻雀，飞到晒谷场上去衔（xián）谷种。但这个举动很快就被天兵天将识破了，他们连忙飞来驱赶麻雀，神农在匆忙之中只啄起一粒谷种就飞走了。

难得来一次，只带走一粒谷种实在可惜。神农又摇身一变，变成了一只天狗，趁天兵天将寻找麻雀的间隙（xì），溜到晒谷场上。这回他学聪明了，就地一滚，沾了一身的谷种，然后赶紧起身逃跑。天兵天将一发现他的身影，马上就追了上去。

神农逃到银河边，放眼望去，除了渡河，已无他路可逃。河中波涛滚滚，河水拍打河岸的声音震耳欲聋（耳朵都快震聋了，形容声音很大。聋，lóng）。神农回头看了一眼紧追不舍的天兵天将，知道不能再拖了，只能硬着头皮游过去。他飞身一跃，跳进水里。等他上岸的时候，身上的谷种，除了尾巴上的，全被汹涌的河水冲走了。从此，人间种上了五谷，金灿灿的谷穗一束束的，像极了高高翘起的狗尾巴。

成长启示

神农最终能够获得谷种，种出谷穗来，实在令人高兴。可是，“盗”毕竟不是值得赞赏的好事，令人在高兴之余也百感交集。神农不得不走“盗”谷种这一遭，固然得怪谷神诡计多端，可换个角度想，神农如果不那么大意，也许就能马上识破谷神的阴谋，换得好谷种。为人处世，还需谨慎小心。

要点思考

1. 一开始，无论神农怎么使劲，犁都还是丝毫未动的原因是什么？

2. 从谷神那里获得谷种后，神农高兴地转身回人间了，这时谷神露出了“得逞的笑容”，这意味着什么呢？

写作积累

● 心烦意乱　二话不说　近在咫尺　取而代之　纹丝不动
一声不吭　无可奈何　震耳欲聋　紧追不舍

精卫填海

导读

无情的海浪吞没了女娃年幼的生命，日后很有可能夺去更多无辜的性命。女娃的灵魂化作精卫鸟，将所有的不甘、仇恨和对人们的关爱都化作填海的动力，孜孜不倦地往东海里投入小石头和短树枝。她的愿望能够实现吗？

炎帝有个女儿叫女娃，最受他宠爱。有一天，女娃趁炎帝不在家，独自驾着小船出去玩耍。她很想到东海——太阳升起的地方去看看。当她划船来到东海时，海上突然狂风大作，像山一样的海浪把女娃的小船打翻了（比喻手法形象地表现了海浪滔天的景象），女娃不幸落入海中，被无情的大海吞没了。

女娃痛恨无情的大海夺去了她年轻的生命。在她死后，她的灵魂化作一只可爱的小鸟，誓要填平东海。这只鸟总发出“精卫，精卫——”的悲鸣，人们便把它称作“精卫”。

一天夜里，睡梦中的炎帝突然见到淹死在东海里的女娃。

女娃缓缓地走到他跟前，坚定地望着他，对他说："父亲，大海夺去了我的生命，却夺不走我的信念，我一定要和它抗争到底。"炎帝本想拉住女儿的手，可一伸手，女儿便化作一只小鸟飞走了。

第二天，伤心不已的炎帝独自来到东海边凭吊女娃。只见海上浊浪滔天，一片迷雾。面对苍茫的大海，炎帝不禁怆然泪下（伤感地流泪不止，形容非常悲痛。怆，chuàng，悲伤）："女娃，你在哪儿啊？你小小年纪为什么要独闯大海？你一去不返，为父好想你呀！"

"精卫，精卫——精卫，精卫——"空中突然传来几声尖锐的鸟叫。炎帝循声望去，只见一只小鸟衔着石子儿从他头顶飞过。那只小鸟有着白嘴壳、绿色的羽毛和红色的小爪子，十分可爱。小鸟独自在波涛汹涌的海面上回旋着，悲鸣着。炎帝不由得心生一股怜爱之情。他望着头顶的小鸟喃喃地说道："小鸟，你为什么独自飞在大海上？海风凶猛，海浪肆虐（sìnüè，任意残杀或迫害；起破坏作用），你会葬身大海的。我的女儿就是在东海游玩时淹死的。"

"精卫，精卫——精卫，精卫——"那鸟鸣叫着，声音里似乎透出一股悲哀。它在炎帝的头顶上空盘旋了一阵后，依然逆着海风向海面飞去。

"这只鸟很奇怪，"一个老渔夫不知什么时候出现在了炎帝身后，"我在海上打了一辈子的鱼，从没见过这种鸟。前不久，自从一个小女孩淹死在东海之后，这只鸟就不知从哪里飞来了。它既不捕食小鱼，也不捕捉昆虫，只是每天一刻不停地从发鸠（jiū）山方向衔来一些小石头、短树枝，将它们投

到东海里。很奇怪，天天都这样。”说完，老渔夫不解地摇摇头离开了，汹涌的海面上只剩下大海与精卫的对话。

大海奔腾着，咆哮着，嘲笑精卫说：“小鸟，算了吧，你这工作就算干一百万年，也休想把我填平！”精卫十分执着，在高空答复大海：“你既然能夺去我的生命，将来也会夺去其他无辜的生命。我要永无休止地干下去，哪怕是干上一千万年，一亿年，干到宇宙的尽头，世界的末日，我也要把你填平！”

炎帝这才明白，这只小鸟就是自己的女儿变的。从此以后，炎帝常常到海边凭吊女儿，每次看到那只可爱的小鸟向海中抛石头和树枝时，他都热泪盈眶，喃喃地呼唤着女儿的名字。

许多年以后，白发苍苍的炎帝又来到东海边。波涛依旧汹涌，一个年轻的渔夫指着空中一只可爱的小鸟说：

“看，是精卫！这鸟够辛苦的，我爷爷在世时它就在填海。”

“大海夺去了她的生命，但夺不走她填平大海的决心和勇气，”炎帝老泪纵横地说，“她会一直往返于山海之间，直到把东海填平的那一天。”

成长启示

小小的精卫与浩瀚无边的大海抗争，似乎有些不自量力，但它身上所体现的坚强毅力和不畏艰难的精神值得我们去学习。现实生活中的我们，如果能合理拟定自己的目标，再具备精卫那种持之以恒、不畏艰难的精神，那还有什么困难能打倒我们呢？

要点思考

1. 精卫为什么要把小石头和短树枝投入东海?

2. 为了保护自己，我们必须了解水上安全知识。你知道哪些水上安全知识呢？跟同学们分享一下吧!

写作积累

● 当她划船来到东海时，海上突然狂风大作，像山一样的海浪把女娃的小船打翻了，女娃不幸落入海中，被无情的大海吞没了。

●精卫十分执着，在高空答复大海："你既然能夺去我的生命，将来也会夺去其他无辜的生命。我要永无休止地干下去，哪怕是干上一千万年，一亿年，干到宇宙的尽头，世界的末日，我也要把你填平!"

巫山神女

导读

自古以来，巫山神女都是文人墨客争相描绘的对象，她与楚怀王、楚襄王之间的传奇故事极具感染力，一直为人们谈起。可是，少有人知道她在成为巫山神女之前的遭遇，更少有人知道她原来是一个满怀孝心的女儿。

炎帝有一个美丽的女儿名叫瑶姬，她从小就聪慧过人，诗书礼乐样样精通，性格温顺可爱，招得人人喜欢。转眼间，瑶姬到了出嫁的年龄，炎帝开始为她张罗婚事。女儿家谁不想嫁个好郎君呢，可瑶姬似乎为此有点儿犯愁。原来，她的姐妹们都已不在，父亲身边只剩她这一个女儿了，她担心自己嫁了人后，父亲会感到孤单。忧思难解，病魔趁机入侵，她竟一病不起，年纪轻轻就去世了。炎帝悲痛异常，日日以泪洗面。

瑶姬死后，她的精魂去到了姑瑶山，化作一棵瑶草。这棵瑶草长出层层叠叠的叶子，非常茂盛，开出娇嫩的黄花，结出像菟(tù)丝一样的果子。人们传说，谁要是吃了这果子，就能得到他人的喜爱。

瑶姬一直对自己的不幸耿耿于怀（事情〔多为令人牵挂的或不愉快的〕在心里，难以排解。耿，gěng）。有一天，她入了天帝的梦，向天帝述说了自己的遭遇，吐露了自己的哀伤。天帝被她的孝心感动，便封她为巫山的云雨之神。从那之后，瑶姬来到了巫山，潜心修炼。清晨，她会化作一片美丽的云彩，自由而闲适地在山岭和峡谷之间游荡；黄昏，她会变成沥沥细雨，向山水倾诉自己无限的哀怨。

眨眼间，数千年光阴飞逝而去。战国末年，楚怀王曾到云梦泽游玩，住在高唐馆。一天，楚怀王正在午睡，热情而浪漫的瑶姬走进了他的梦里。楚怀王见到了这个美丽动人的少女，惊讶不已。她说："我是巫山的神女，一向敬佩你的为人，听说你到云梦泽来游玩，便特地前来陪伴你。如果你不介意，就请让我留下吧。"楚怀王满怀喜悦地留下了她，他们吟诗作赋，抚琴高歌，度过了一段美好的时间。少女有职责在身，没过多久便要启程回巫山。临走前，她对楚怀王说："我就住在巫山，清晨会化作一片云彩，黄昏会变成一阵细雨。如果你对我有情，就请一定要常常来看我。"话一说完，她就消失不见了。楚怀王猛然惊醒，才发现自己做了一场梦。

虽然这只是一场梦，可梦中的一切都历历在目（物体或景象一个一个清清楚楚地出现在眼前），楚怀王难以忘怀瑶姬的音容笑貌，只恨没能把她永远留在身边。第二天天一亮，他便寻到了巫山，无奈找了许久，都没找到瑶姬，只见到朝云和暮雨。他感到惋惜，便命人在巫山建了一座庙，以纪念这位巫山神女。

多年以后，楚怀王的儿子楚襄王也来到了云梦泽，听说了父亲的经历后，不胜羡慕，非常渴望能与巫山神女相会。当天晚上，他也做了一个相同的梦，果然见到了神女。梦醒之后，他反复回味，心中五味杂陈（各种味道混杂在一起，形容感受复杂而说不清），喜悦之余又惆怅不已。楚襄王把这件事告诉了随行的臣子宋玉，命他作赋纪念。于是，宋玉写下了流传千古的名篇《高唐赋》和《神女赋》。

成长启示

在中国传统文化里，“百善孝为先”。天帝为瑶姬的孝心所感动，封她为巫山的云雨之神，这段情节恰恰反映了古人对“孝”的重视和颂扬。孝，是到了今时今日也应该注重培养的良好品质。父母为子女付出了他们的一切，身为子女，应该懂得感恩和回报，常常陪伴在父母身旁，多与他们沟通，关心他们的需求，不要让他们感到孤单。

要点思考

1. 瑶姬生前究竟为了什么犯愁，以致给了病魔入侵的机会？
2. 楚怀王寻到巫山去的时候，见到神女瑶姬了吗？

写作积累

●一病不起　耿耿于怀　历历在目　五味杂陈　流传千古

●这棵瑶草长出层层叠叠的叶子，非常茂盛，开出娇嫩的黄花，结出像菟丝一样的果子。

●清晨，她会化作一片美丽的云彩，自由而闲适地在山岭和峡谷之间游荡；黄昏，她会变成沥沥细雨，向山水倾诉自己无限的哀怨。

神农尝百草

导读　在神农的帮助下，人类自力更生，不再需要为饥饿烦忧，可与此同时，疾病的侵害比以往更加严重。两者之间莫非有什么关联？新的难题摆在神农面前，这一次他会怎样为人类排忧解难？

人类跟着神农学会了耕种之后，吃饭问题得到了解决，可新的问题也随之出现了。五谷和杂草长在一起，药物和百花开在一起，哪些粮食可以吃，哪些草药可以治病，谁也分不清，常常有人吃饱饭之后就生病。有的人患了病，很长时间也好不了，乃至死亡。

神农看到这种情况，心急如焚（心里急得像火烧一样，形容非常着急。焚，fén）。他连忙召集了很多人来一起商量怎样才能把人们患的疾病治好，使他们摆脱病魔的侵袭。他们想了很多办法，如火烤、水浇、日晒、冷冻等。这些办法虽然能使某些疾病的症状有所缓解，却不能把疾病彻底治好。

神农想："与其坐在这里听天由命，不如走出去寻找解决的办法。”于是他带着一批臣民，从家乡出发，向西北大山走去。他们走啊，走啊，走得腿肿了，脚起茧了，但还是坚持不懈地走，走了整整七七四十九天，来到了一个地方。只见这里高山一层叠一层，峡谷一条连一条，绿草如茵，流水潺(chán)潺。山上长满了奇花异草，大老远就闻到了香气。“这就是我们要找的地方啊！”神农和大家说道。神农和臣民正要往前走，突然从峡谷中蹿出一群狼蛇虎豹，把他们团团围住。神农马上让臣民们挥舞神鞭，向野兽们打去，费了很大功夫，才把野兽们赶跑。

“这里有这么多野兽出没，太危险了，我们还是回去吧！”随行的人劝告神农。神农摇摇头，郑重其事地对大家说：“不行，生病的人还在苦苦地挣扎着。你们看，这里的动物一个个多么健康啊！我想这里一定有治病和强身健体的良药。从今天起，我要尝遍这山上的每一种药草，一定要找出治病的方法来。”

于是，神农开始了品尝药草的工作。尝百草是一件非常辛苦的事情，不但要攀爬山路寻找药草，而且要时时刻刻提防毒蛇猛兽，还要冒着中毒的危险。为了寻找药草，神农曾经在一天内中毒七十次。那段经历他毕生难忘。当时，他喘不过气，还感到喉咙刺痛，就像被带刺的藤蔓（wàn）勒住了脖子；身体一时冷得像泡在冰水里，一时热得像被火灼烧；神志不清，总能听见有人惨烈地呼救，可无论怎么使劲，都爬不起来去救人，痛苦万分。可他凭着顽强的意志，最后还是坚强地站了起来。他让随行的人帮他防着狼蛇虎豹，而自己就凭借对植物的敏锐直觉，不断地品尝各种各样的药草。每品尝一种，他都要详细地记录下药草的药性、气味、服用效果等，据此判断每种药草分别适用于治疗什么病。

神农在山上一共尝出了三百六十五种药草，写成了《神农本草经》一书。为了治疗更多的疾病，神农依旧不停地找寻和品尝其他药草。有一天，他在品尝一种攀缘在石头上、在石缝中开出了小黄花的藤状植物时，把它的花和茎都吃到了肚子里，没过多久就感到肚子钻心的痛，好像肠子断裂了一样。最后，神农没能顶住，被这种草毒死了，人们为神农的逝世伤心不已。后来，人们给这种草起名为断肠草。

神农心怀大爱，为了帮助人类，常常身先士卒（作战时将帅亲自带头，冲在士兵前面，现多泛指领导带头走在群众前面）。他给人们留下了宝贵的财富，他的动人故事会一直流传下去。

成长启示

除了舍己为人的精神之外，神农身上还有很多值得我们学习的地方。首先，是神农的坚定与执着，他明知道前面的路危险重重，却仍然勇往直前。其次，是神农的果断，面对问题他积极寻求解决的办法，而不是任其发展。最后，还有神农的认真细心，每品尝一种药草他都要详细记录其药性、气味、服用效果等。我们在日常的生活中也要以神农为榜样，做一个坚定、果断、认真的人。

要点思考

“与其坐在这里听天由命，不如走出去寻找解决的办法。”你想到了哪些能够体现这句话含义的名人事迹？

写作积累

●心急如焚　坚持不懈　绿草如茵　郑重其事　身先士卒

●当时，他喘不过气，还感到喉咙刺痛，就像被带刺的藤蔓勒住了脖子；身体一时冷得像泡在冰水里，一时热得像被火灼烧；神志不清，总能听见有人惨烈地呼救，可无论怎么使劲，都爬不起来去救人，痛苦万分。

百鸟之王少昊

导读

你能想象一个由鸟儿治理的国家是什么样的吗？各种各样的鸟儿在一个国家中可以承担起怎样的职责呢？很久以前，少昊建立了一个鸟儿的王国，鸟儿们天天都要在朝堂上议事。百鸟争鸣，羽毛齐飞，那场景真是乱糟糟的，令人不禁怀疑：鸟儿们真的能治理好一个国家吗？

少昊是中国古代神话中的西方天帝，他的诞生充满了浪漫色彩，弥漫着甜美的气息。

少昊的母亲名叫皇娥，是天宫里的织女，往往要织布到深夜。有时候，工作疲倦了，她就会乘一只木筏，到浩瀚的银河中游玩。她常常溯（sù，逆着水流的方向走）流而上，到西海之滨的一棵大桑树下。这是一棵有万丈高的大桑树，根深叶茂，叶子像秋天的枫叶一般红，果实又大又肥，像紫水晶一般色泽亮丽。这棵树名叫穷桑，一万年才结一次果，吃了它的果实，能活得比天地还长久。皇娥最喜欢到这棵树下玩耍了。

有一天，皇娥在穷桑树下遇到了一位容貌超尘绝俗的少年。那位少年是早晨在东方天上闪闪发光的启明星，他也是到银河来休憩玩耍的。两人就这样相识了。少年跳上了皇娥的木筏，两人一同乘着木筏漂荡在银光闪闪的河上。他们拿桂树枝做船桅，把散发出芳香的薰草拴在桂树枝上做旌(jīng)旗，又刻了一只玉鸠放在船桅顶端，因为鸠这种鸟能够辨别风向。两人肩并肩坐在木筏上，边弹琴，边唱歌，一唱一和，快乐不已。慢慢地，他们对彼此产生了爱情。后来，皇娥生下了他们的爱情结晶——少昊，又叫穷桑氏。

少昊发出他第一声啼哭的时候，五只凤凰落在了少昊家的院子里，颜色各异，分别是红、黄、青、白、玄，代表着五方，因此少昊又被称为凤鸟氏。

在父母的精心培育下，少昊茁壮成长，不但拥有惊人的天赋，还练成了超凡的本领。长大成人后，他到东方海外建立了一个国家，叫作少昊之国。他建立的这个国家非同一般，朝廷百官是各种各样的鸟儿，可以说这是一个鸟儿的王国。在这些官员中，凤凰是百鸟的大总管；燕子、伯劳、鹦雀、锦鸡分别掌管一年四季的天时，指导人们的生产活动；鹁鸪(bógū)善待妻子，孝敬父母，还能够管好孩子们，于是让他掌管教育；鹫(jiù)鸟性情凶悍，英勇威武，大家便推举他掌管兵权；鹰鸟威严勇猛，铁面无私，掌管法律和刑罚；斑鸠因为整天都叽叽喳喳地叫个不停，常在朝堂上代表大家发表言论；又有五种野鸡分别管理木工、金工、陶工、皮工、染工；又有九种扈(hù)鸟管理耕种和收获。简而言之，各种各样的鸟儿都找到了适合他们的岗位，得以发挥所长。

少昊坐在朝堂中央，跟百官商议国事的场景十分有趣：清脆的、尖锐的、浑厚的，各种各样的声音齐鸣，有的像在唱动听的小曲，有的像在扯着嗓子骂人；大家说到激动处，总喜欢挥动自己的翅膀，结果扬起了五彩缤纷的羽毛，羽毛在半空中旋舞着落下，又总在落地前被谁轻轻一挥翅膀给拨回到空中去。朝堂议政的场面看起来混乱，实则井井有条，大家都能够发表自己的意见，议论的结果会被记录在案，所有决议的实施都将受到百官监督。少昊充分展现了自己的智慧和慈爱，深得百官的敬佩，而百官各司其职，尽心尽力。全国上下团结一心，百姓的生活自然就安定幸福了。

当少昊还在鸟儿的王国做首领的时候，他的侄儿颛顼(zhuānxū)曾到这个奇妙的地方帮助他治理国事。颛顼年纪轻轻，却很有才干，少昊很喜欢他，便为他制作了琴和瑟，让他在闲暇时候可以用来玩耍。后来，颛顼回到了自己的国家，把琴和瑟都留下了。少昊见这两件乐器都没了用处，便把它们抛到东海外的大壑(hè)之中。自此之后，每当月明夜静、碧海无波的时候，大壑深处就会传出悠扬的曲声，仿佛有人在弹奏琴瑟。

多年以后，少昊回到了西方故乡，当上了西方的天帝，管理着西方一万二千里的土地。他的一个名叫该的儿子成了他的属神——金神蓐(rù)收。父子俩的职务不算很重，所以他们总有时间观赏庄严的落日美景，那时候，太阳浑圆，霞光映红了半边天，百鸟的歌声渐渐沉寂了。

成长启示

大家认为，鹌鸪能够管好自己的家庭，也应该能够管好孩子们，于是让他掌管教育；鸷鸟性情凶狠，英勇威武，能够震慑敌人，于是让他掌管兵权；鹰鸟威严勇猛，铁面无私，于是让他掌管法律和刑罚。各种各样的鸟儿都在自己的岗位上发挥所长，少昊之国的百姓也生活得越来越幸福美满。这告诉我们：不同的人有不同的爱好和特长，对个体来说，找到适合自己的职责有助于完善自我；对团队来说，让每个人都能发挥所长有助于提高团队的工作效率。

要点思考

1. 为什么要称少昊为百鸟之王呢?

2. 选一种你熟悉的鸟儿，说说它在一个国家中可以承担起什么职责，并说明原因。

写作积累

●铁面无私　井井有条

●少昊坐在朝堂中央，跟百官商议国事的场景十分有趣：清脆的、尖锐的、浑厚的，各种各样的声音齐鸣，有的像在唱动听的小曲，有的像在扯着嗓子骂人；大家说到激动处，总喜欢挥动自己的翅膀，结果扬起了五彩缤纷的羽毛，羽毛在半空中旋舞着落下，又总在落地前被谁轻轻一挥翅膀给拨回到空中去。

●父子俩的职务不算很重，所以他们总有时间观赏庄严的落日美景，那时候，太阳浑圆，霞光映红了半边天，百鸟的歌声渐渐沉寂了。

仓颉造字

导读 为了更好地打理部落事务，仓颉得找出更好的计数方法来统计各种事物的数量。在一次狩猎中，仓颉偶然间得到了新的灵感，创造出新的计数方法。这个方法十分有效，大大提高了人们的工作效率，也开启了仓颉的造字之路。

在远古时代有一个叫仓颉（jié）的人，他替黄帝管理粮食和牲畜。仓颉勤奋好学，在很短的时间内熟练掌握了计数的流程，在统计粮食和牲畜的数目上从来没有出现过一点儿差错。

但是，在黄帝的英明领导下，人们产出的粮食和牲畜的数目越来越多，凭着原来的计数经验已经统计不出这么庞大的数目了。怎么办呢？他整日苦思冥想计数的办法。他先是采用了绳上打结的方法计数，并且给不

事物常处于变化之中，我们也要根据事物的变化转变处事的方法，一成不变只会降低效率，导致落后。

同的绳子涂抹不同的颜色，以代表不同的事物。这个方法只适用于数目增加的计数中，数目减少时要解开结就很困难了。仓颉又发明了贝壳计数法，不同的贝壳代表他所管的不同东西，东西增加，对应的贝壳也会增加；东西减少，对应的贝壳也会减少。这个方法他连续使用了好几年。

有才干的人往往被委以重任，也往往懂得要不断学习，不断调整自己去应对新的问题。

黄帝看到仓颉做事尽心尽力，而且还很有头脑，就升了仓颉的职，叫他管更多的事情：年年祭祀的次数，回回狩（shòu，打猎）猎的安排，部落人丁的增减，等等。仓颉又犯愁了，凭着打绳结、数贝壳已不能解决难题了，怎样才能不出差错呢？

有一天，仓颉与其他人一起去狩猎。当人们来到一个岔路口时，大部队停了下来，不知道该往哪条路走。第一个老猎人说往东走，东面有羚羊；第二个老猎人说往北走，北面有鹿群；第三个老猎人说要往西去，西面有老虎。仓颉心想：为什么还没走过就知道前面有猎物呢？于是他前去询问，原来这几位老猎人是根据地上的野兽脚印来推断的。仓颉豁然开朗（原形容从黑暗狭窄突然变得宽敞明亮。现比喻突然领悟了一个道理。豁，huò，开阔；开通；通达）：既然脚印能够代表野兽，为什么我不能用特定的符号来代表不同的物品呢？想到这里，仓

多观察，多思考，大胆提问，大胆假设，勇于将想法付诸实践，真理自然而然就会来到你的面前。

颉顾不上狩猎，一溜烟的工夫就跑回了家。他开始试着用不同的符号代表不同的东西。代表山川日月、花鸟鱼虫、飞禽走兽的符号，几乎没有他想不出来的。利用这些符号，仓颉把所有事物都管理得井然有序。

仓颉的智慧又一次传到了黄帝的耳朵里，黄帝对他赞赏有加，命令他到各个部落把这种方法推广开来。一段时间以后，人们逐渐学会了这种方法，管理部落事务的效率确实提高了许多。

仓颉的事迹在人们中间流传开来，他的名气也越来越大。仓颉也认为自己的能力无人能比，自己是整个部落里最聪明的人，渐渐地骄傲起来，松懈下来，不像起初那样认真地研究造字了。

骄傲是魔鬼，使人松懈，令人远离进步。

仓颉的傲慢传到了黄帝的耳朵里，黄帝十分难过。他不允许自己看重的臣子向不好的方面发展，于是找身边最老的长者来商量。这个老人的胡子上打了一百二十多个结，这表明他已经是一百二十多岁的人了。老人听了黄帝的话，沉吟了一会儿，便辞别黄帝，独自去找仓颉了。

老人找到了仓颉，看到他正在教人识字，便默默地在后面倾听。讲完后，旁人都离开了，只有老人依然站立在那里。仓颉便问他为何不离去。

老人说："仓颉啊，你造的字现在家喻户晓（每家每户都知道），大家越来越懂得好好利用这些字了，可我年纪大了，老眼昏花，有几个字的意思不太明白，所以来请教请教你。"

仓颉看这么年长的老人都这么尊敬自己，心里很高兴，便催促老人快点儿说。

老人没有直言指出仓颉的粗心大意，而是以虚心请教的语气委婉地劝说仓颉改过自新。这样的劝说方式不会损害他人尊严，不易引起矛盾，更容易让人心悦诚服。

老人说："你的'马'字，'驴'字，'骡(luó)'字，跟马、驴、骡一样都有四条腿，而牛同样有四条腿，为什么'牛'字却只剩下一条尾巴，没有四条腿呢？"

仓颉一听，脸一阵红一阵白，心里有点儿慌了。原来他造字时，由于粗心大意，竟把"鱼"字写成牛样、"牛"字写成鱼样了。知道自己不仅造错了字，还把错字教给了各个部落，铸成大错（指造成严重的错误。铸，zhù），仓颉连忙跪下，痛哭流涕地表示忏悔（认识了过去的错误或罪过而感觉痛心，决心改正或改变。忏，chàn）。

老人慢慢扶起跪拜在地的仓颉，说："仓颉啊，你造了字，使我们老一代的经验能留存下来，这是件造福万民的好事，人们世世代代都会记住你的，但是你可不能自满呀！"

当意识到自己犯错之后，我们应该像仓颉那样，努力改正自己的错误，不断

听了老人的话，仓颉很受启发。此后，仓颉每造一个字都要经过反复的推敲，生怕再出现差错。当对自己所造的字产生疑惑

时，他还会主动请求大家帮忙，直到大家都认可了，才最终确定这个字，然后再把新造的字普及每一个部落。

提醒自己，避免一错再错。

成长启示

仓颉的聪明才智令人赞赏，他善于发现、积极解决问题和不断创新的优秀品质值得我们学习。与此同时，仓颉因为取得好成绩、得到夸奖而变得骄傲，结果铸成大错，使我们看到了骄傲自大的巨大危害。他的这一经历提醒我们要时刻保持一颗谦虚谨慎的心。让人高兴的是，仓颉最后能够勇于承认错误，并且努力改正，这种品质更为可贵。

要点思考

1. 为了不出差错地统计各种事物的数量，仓颉发明了哪些计数方法？请简要概括。

2. 仓颉为什么要“连忙跪下，痛哭流涕地表示忏悔”？

写作积累

● 豁然开朗　井然有序　家喻户晓　铸成大错　痛哭流涕

杜康酿酒

导读

曹操有这样一句名诗为世人传诵:"何以解忧?唯有杜康。"杜康,是酒的别名,也是人名。为什么人们会用杜康的名字来代指酒呢?让我们一起走进远古时代,读读杜康和酒之间的故事吧!

经过神农氏辨五谷、尝百草,人们开始耕地种粮食。由于土地肥沃,风调雨顺,连年丰收,粮食越打越多。

黄帝命杜康专管部落的粮食生产,杜康很负责。可是,那时候还没有仓库,更没有科学的保存方法,粮食多了,便无处可放。杜康想出了一个办法,把丰收的粮食堆在山洞里。谁料山洞潮湿,时间一长,粮食全都发霉坏掉了。黄帝知道这件事后,大发雷霆(比喻大发脾气,高声训斥),下令撤销了杜康的官职,让他当个只负责保管粮食的人员。他大声警告杜康:"以后如果再有这样的状况,你就等着受死刑吧。"

由一个负责管理粮食生产的大臣,一下子被降为普通的粮食保管员,杜康心里非常难过。但他清楚自己确实犯了错,导致浪费粮食，因此没有半句怨言。他还暗自下定决心，非把保管粮食这件事做好不可。

有一天，杜康在森林里巡视，偶然发现了一片开阔的空地，空地附近有几棵已经枯萎的大树，只剩下光秃秃的空心的粗大树干。杜康灵机一动，想：要是我把粮食藏在树洞里，它会不会不再发霉呢？抱着试试看的心理，他开始行动起来。

他找来几个帮手，一起对树林里枯死的大树进行处理，把树干的内部彻底掏空，腾出地方来放置粮食。没几天，他们就用打下的粮食把所有树洞都填满了。谁知在那之后，连年丰收，树洞里的粮食一直没有派上用场，经过风吹、日晒、雨淋，竟慢慢地发酵了。

一天，杜康上山查看粮食，在一棵装有粮食的枯树旁，发现了几只山羊、野猪和兔子。它们安静地躺在那里，丝毫没有察觉杜康的靠近，就像不能动弹的石头。起初他以为这些野兽都死了，可走近一看，它们身上没有任何伤痕，胸口还有轻微的起伏。它们都还活着，只是熟睡了。杜康一时摸不着头脑。突然，一头野猪慢悠悠地睁开了它的双眼，眨巴了几下，才看清眼前站着一个人，吓得马上翻身起来，飞奔着逃进树林里去，那速度都快赶上闪电了。紧接着，被野猪不小心撞醒的几只动物也醒了过来，慌慌张张地跑走了。所有动物都匆匆逃走了，杜康还呆呆地站在原地，纳闷得很。

“这是怎么回事？动物们很少有睡得这样沉的时候。”

杜康心里充满了疑惑，可百思不解（反复思索，仍然不能理解。也作百思不得其解）。过了一会儿，他又走到了别的树洞前，看见两只山羊正低头舔（tiǎn）着树洞里流出的什么东西，大吃一惊。他连忙躲到一棵大树背后静静地观察那两只山羊。只见山羊舔了一会儿，就心满意足地走了，动作很慢，身子摇摇晃晃的，走不多远就都躺倒在地了。

杜康飞快地跑过去把这两只山羊捆了起来，然后去看山羊刚才舔的是什么。原来，装粮食的树洞上裂开了一条缝，缝里不断渗出水来，动物们是舔了这种水后才倒在地上的。杜康靠近去闻了一闻，发现水的味道特别清香，不由得也尝了一口。那水吃起来有些辛辣，但很香，很诱人，让人忍不住又尝了好几口。过没多久，杜康只觉得天旋地转，刚向前走了两步，便身不由己地昏睡过去了。

杜康不知道自己睡了多久，当他醒来时，只见原来被捆住的两只山羊跑了一只，剩下的那只也快要挣脱绳子了。他翻身起来，感觉精神饱满，浑身是劲儿。他赶紧去捆好剩下的那只山羊，接着取下腰间挂着的一个罐（guàn）子，盛了半罐树洞里渗出来的这种味道香浓的水。

回家后，杜康把在林子里的经历说给了其他保管粮食的人听，又把带回来的好东西分给大家品尝。有的人觉得这事很奇怪，就建议赶快向黄帝禀（bǐng）报；有的人却不同意，担心杜康会因此再次受罚。听了大家的意见之后，杜康想了一会儿，然后不慌不忙地对大家说："粮食出了问题，我有责任，若为了脱罪而有所隐瞒，那才是罪大恶极（罪恶严重到极点）。再者，我看这水不是什么坏东西，善加利用，说不定有利于我们的生活。"话音刚落，他便提起取来那些水的罐子去找黄帝。

听完杜康的禀告，黄帝仔细地品尝了那味道香浓的水，顿时眼前一亮。他立刻与大臣们商议此事，大臣们都认为这是粮食中的一种元气，不是毒水。这一次，黄帝非但没有降罪于杜康，还夸奖了他一番，并命他继续观察和研究这到底是怎么回事，还命令仓颉给这种香甜醇美的水取个名字。仓颉给它取名为“酒”。中华民族的酿（niàng）酒事业，就这样从黄帝时候开始了。世人将杜康尊为“酿酒始祖”，而“杜康”也成了酒的别名。

成长启示

杜康发现酒的过程可以说是充满了许多偶然因素，但并不是所有人都能像杜康那样牢牢把握偶然因素，最终创造出能满足人们需求的东西。假如他对动物们异常的熟睡视而不见，或不把香浓的水当回事，恐怕就不会有酿酒事业的诞生。真理的发现，往往始于偶然；科学家们的研究，往往始于他们在偶然发生的特殊现象中的留心观察。

要点思考

1. 杜康是怎么发现酒的？
2. 请查阅相关资料或请教父母和老师，说说酒是怎么酿出来的。

写作积累

● 风调雨顺　大发雷霆　百思不解　心满意足　天旋地转
身不由己　罪大恶极

● 它们安静地躺在那里，丝毫没有察觉杜康的靠近，就像不能动弹的石头。

● 突然，一头野猪慢悠悠地睁开了它的双眼，眨巴了几下，才看清眼前站着一个人，吓得马上翻身起来，飞奔着逃进树林里去，那速度都快赶上闪电了。

黄帝战蚩尤

导读

黄帝是一位仁爱的首领，他不希望战争打破现下的安稳生活。但是，蚩尤的反抗日益激烈，若不加强镇压他的力度，任由他肆意妄为下去，后果将不堪设想。黄帝苦恼不已，他最终会做出怎样的决定呢？迎接他的又会是怎样的挑战？

蚩(chī)尤曾是炎帝的部下，骁勇善战（勇猛，善于战斗。骁，xiāo，勇猛）。黄帝历经数次战役终于打败了炎帝，成为五方天帝的首领——中央天帝。炎帝臣服了，可是炎帝的子孙和部下不甘成为黄帝的臣民，不服黄帝的统治，时时刻刻想挑起争端，蚩尤表现得最为明显。蚩尤的野心很大，他的目标是成为全天下的统治者。在攻打黄帝之前，他先攻打了炎帝的部族。炎帝不忍百姓因战争受苦，从南方避让到了北方，蚩尤夺得了南方天帝的宝座。

蚩尤的九九八十一个兄弟，个个长得像野兽一样，有着铜头铁臂、如刀刃般的毛发，吃石头铁块，凶猛异常。有一天，蚩尤经过庐山脚下，发现了许多品质上乘的矿石，便收集起来做成了许多剑、戟（jǐ，古代兵器，把矛和戈结合于一体，具有刺击和钩杀双重功能）、刀、矛等兵器，再加上那八十一个兄弟的大力支持，蚩尤的实力不容小觑（qù）。另外，他还请到了风伯、雨师前来助阵。一切准备就绪后，他向黄帝发出了战书，提出与黄帝一比高下。

黄帝爱民如子，迟迟不愿意打仗，努力劝说蚩尤要和平相处。但是蚩尤不听劝告，执意要比一比。黄帝无奈地摇摇头，说："我要是战败了，老百姓可就要受蚩尤的残暴统治了，如果我再不应战，无异于养虎遗患（比喻纵容恶人，给自己留下后患）啊！为了正义，我只有出战了。"于是黄帝亲自率领多员大将，与蚩尤对阵。

黄帝首先派大将应龙出战。应龙受命后，嗖的一声飞上天，从口中喷出了大量的水。瞬间，大水向蚩尤汹涌而去。蚩尤忙命风伯、雨师出战。只见风伯刮起漫天狂风，把水刮回到黄帝那里；雨师顷刻间把洪水收集起来，投到黄帝那里。狂风暴雨狠狠地向黄帝打去。应龙只会喷水，不会收水，结果黄帝大败而归。

黄帝没有气馁（něi），重整旗鼓与蚩尤再战。对阵之时，黄帝一马当先，领兵冲入蚩尤阵中。蚩尤这次亲自上阵，施展法术，喷烟吐雾，使黄帝的军队迷失了方向，阵脚大乱。就在这千钧一发（千钧的重量系在一根头发上，形容事态极其危险。钧，jūn）的时刻，黄帝猛然抬头看到了天上的北斗七星，每一年，北斗七星都会绕着北极星转动一周。他灵机一动，根据这个现象发明了指南车，认定了一个方向，带领军队冲出了重围，化险为夷(使危险的情况或处境变为平安)。

这样一来二去，黄帝和蚩尤一共打了七十一仗，结果黄帝败多胜少，他心中焦躁不安。这一天，黄帝苦苦思索打败蚩尤的方法，不知不觉昏然睡去，梦见九天玄女交给他一部兵书，说:“带回去把这部书的内容熟记在心，战必克敌!”说罢，飘然而去。黄帝醒后，发现手中果真有一本兵书。打开一看，只见上面画着几个象形文字，黄帝思考片刻，有所感悟，于是按照书中内容设九宫、置八门，阵内布置三奇六仪，制阴阳二遁，组成“天一遁甲”阵。随后，黄帝重新率兵与蚩尤决战。

为了壮大军威，黄帝决定用军鼓来鼓舞士气。他先从东海中的流波山捉来了一头猛兽夔(kuí)，又从雷泽中捉来了雷兽，然后派人用夔的皮做鼓面，用雷兽的骨头做鼓槌，制成了一面大鼓。传说这夔皮鼓一敲，能震响五百里；连敲几下，能震响三千八百里。黄帝又命人用牛皮做了八十面鼓，使得军威大振。

为了彻底打败蚩尤，黄帝特意请来女魃(bá)助战。女魃是个旱神，平时住在遥远的昆仑山上，会收云息雨。

接下来两军对阵，黄帝早早摆好了阵势，把蚩尤军队引诱到阵中。夔皮鼓和八十面牛皮鼓一响，天地为之震动。黄帝的士兵听后士气激增，勇猛杀敌。蚩尤的士兵听后，魂飞魄散，丢盔弃甲。蚩尤眼看自己即将战败，便和他的八十一个兄弟施起神威，凶悍勇猛地冲杀上去。两军杀得山摇地动，难解难分。

黄帝见蚩尤确实不好对付，就令应龙喷水。应龙张开巨口，江河般的水流从上至下喷射而出，蚩尤没有防备，被冲了个人仰马翻。他也急令风伯、雨师掀起狂风暴雨向黄帝阵中打去，只见地面上洪水暴涨，波浪滔天，情况很是紧急。这时，女魃上阵了，她施起神威，刹那间她的身上放射出滚滚的热浪，她走到哪里，哪里就风停雨消，炎热非常。风伯和雨师无计可施（没有计谋可以施展，指想不出对策，没有任何办法），慌忙逃走了。黄帝趁机率军上前，大杀一阵，蚩尤大败而逃。

蚩尤铜头铁臂，擅长飞檐走壁，他四处逃窜，令黄帝无可奈何。这时黄帝灵感突现，命人把夔皮鼓对准蚩尤使劲连擂九下，蚩尤听到打雷一般的声音后，难以动弹，顿时束手就擒（qín，抓；捉拿）。黄帝命人把蚩尤活捉后，拷上枷锁杀掉。由于害怕他死后作怪，便把他的身体和头埋在了不同的地方。确定蚩尤死后，黄帝才命人把他的枷锁取下丢弃到荒山野岭，丢弃枷锁之处瞬间长出了一片枫树林，那片片红叶都是蚩尤枷锁上的斑斑血迹。

黄帝获胜后，带领他的子民开疆拓土，经过世代繁衍（逐渐增多或增广。衍，yǎn），逐渐形成了我们伟大的华夏民族。

成长启示

蚩尤铜头铁臂、神通广大，又有八十一个兄弟、风伯和雨师的竭力协助，真是来势汹汹啊。但是最终黄帝还是凭借智慧和顽强的反击战胜了他。这就告诉我们，做事情要勤于动脑，勇于尝试，避免蛮干。只有这样，才能取得更大的胜算。

要点思考

1. 为了推翻黄帝的统治，蚩尤在战前做了哪些准备？

2. 从“黄帝战蚩尤”的故事里可以看出黄帝身上有哪些性格特点？

写作积累

● 骁勇善战　养虎遗患　一马当先　千钧一发　化险为夷
不知不觉　人仰马翻　无计可施　飞檐走壁　束手就擒

● 蚩尤的九九八十一个兄弟，个个长得像野兽一样，有着铜头铁臂、如刀刃般的毛发，吃石头铁块，凶猛异常。

● 夔皮鼓和八十面牛皮鼓一响，天地为之震动。黄帝的士兵听后士气激增，勇猛杀敌。蚩尤的士兵听后，魂飞魄散，丢盔弃甲。

蚕神

导读

蚕神，又被称为马头娘娘，她的外貌非常奇特，头像马，身子像虫，裹着马皮，可仔细一看，又会发现她有一张美丽动人的脸。她之所以会变成这样，是跟天上的一匹神马有关。她与神马之间有着怎样扣人心弦的故事呢？一起来读读吧！

相传，古时候有一位孝顺美丽的姑娘。有一次，她的父亲外出谋生，三天三夜也不见归来，姑娘非常焦急，担心父亲在路上出了什么事。

父亲离开后的第三晚，日夜思念父亲的姑娘精神恍惚（huǎnghū，神志不清；精神不集中）地走到马厩（饲养马的房子。厩，jiù）前，抚摸她心爱的骏马，向它倾吐心声：“父亲这么久还不回来，不知道他是迷路了，还是遇上了不测，我真的好担心啊！马儿啊，你能帮我找回父亲吗？”

话音刚落，只听见马儿扬头长嘶一声，似乎在回答她。

“好马儿，你想说什么呢？你愿意帮我找回父亲吗？”忧伤的姑娘只能把希望寄托在马儿身上，“你要真能把我父亲找回来，我就嫁给你。”

马儿又长嘶一声，随即挣脱了缰绳，跳出了马厩，飞奔了出去。无论姑娘怎么呼唤，马儿也不回来。

“难道它真的帮我去找父亲了？”姑娘自言自语道。

姑娘失去了唯一的伙伴，显得更加孤独而忧伤了。她终日坐在家门口等待着父亲和马儿的归来。

许多天后的一个夜晚，姑娘以为今日又要失望而归了，正当她转身回屋的时候，熟悉的马嘶声从远处传来。姑娘欣喜地回头，意外地看见马儿驮着疲惫不堪的父亲回来了。父女久别重逢，欢喜之情难以述说。

原来，父亲在回来的路上遇到了强盗，因为马儿在危急的时刻及时出现，他才没有命丧强盗的屠（tú）刀之下。父亲认为马儿立了大功，于是特别为它添草加料，想让它吃好喝好。可是，如果不是姑娘来给它喂食，马儿一口都不肯吃，父亲感到很奇怪。更怪异的是，每次见到姑娘进进出出时，马儿不仅会仰天长嘶，还会跳跃不止，发出或喜或怒的叫声。父亲偷偷问女儿这是怎么回事，姑娘便把来龙去脉都给他解释了一遍。

她的父亲惊怒地喝问（大声地问。喝，hè）：“什么？你说你要嫁给一匹马？”

姑娘小声说：“它不是一匹普通的马，它通人性，如果我违背承诺，它一定会生气的……”

姑娘的话被父亲生气地打断了，他怒不可遏（愤怒得不能抑制，形容愤怒到了极点。遏，è）地说：“再通人性，它也是头牲口。

嫁给它，你以后可要吃许多苦。再说了，这要是传出去，别人会怎么看你？我绝不允许你嫁给一个畜生！”他思考片刻，又说：“从今天开始，你暂时不要离开这屋子，不要到那畜生跟前去。其他的我想想办法。”

第二天，父亲便在马厩周围设置了埋伏的箭，趁马儿不备，把它射死了，然后剥下它的皮，晾晒在院子里。

一天，父亲外出了，姑娘正跟女伴在院子里玩耍。她看到晾晒在院子里的马皮，心里很是不安。她虽然并不想嫁给马儿，但因为没有遵守承诺而对马儿感到很愧疚，特别是回想起父亲不在，只有马儿陪伴自己的那些日子时。想着想着，她就伸手摩挲（suō）马皮。突然，马皮一抖，迅速卷住了姑娘，呼地飞出了院子，如同一阵风，消失得无影无踪。一旁的女伴惊呆了，立马去找姑娘的父亲。可怜的父亲听说之后，悲痛不已，连忙到周边各地寻找女儿。

找了很长一段时间，父亲来到了后山的一片树林里。他流着泪拨开一层层树枝，声嘶力竭地呼喊着女儿。突然，他吃惊地发现在一棵大树的枝叶间有一个裹着马皮、缓缓蠕动的像虫一样的生物，只见它慢慢地摇动着它那马一样的头，时而咀嚼树上的叶子，时而从嘴里吐出一条条闪闪发光的细长的丝，并把丝缠绕在树枝上。父亲抹了抹眼泪，使劲地盯着那生物看，终于认出了那就是自己的女儿。她已经变成了这种奇特的生物。

人们把这种吐丝的生物叫作“蚕”，并把那棵树称为“桑”。后来，姑娘被封为蚕神，成了那片桑树林的主人，人们又称她为“马头娘娘”。这时她才知道，那马儿本是天上的神马，因犯了错才被贬到人间。

黄帝杀了蚩尤之后，举办了一场庆功宴，披着马皮的蚕神也去道贺了，给黄帝送来了一绞金丝和一绞银丝。黄帝叫人把这两绞丝做成绢子，织出了美丽的衣裳。自此之后，黄帝的妻子嫘祖开始养蚕，人们纷纷效仿，蚕种滋生繁衍，采桑、养蚕、织布便渐渐成了中国古代妇女的专业。

成长启示

爱女心切的父亲不愿女儿嫁给一头牲畜，因而不顾马儿的救命之恩，也不顾女儿对马儿许下的诺言，设埋伏杀了马儿，还剥下它的皮。父亲对女儿的深情固然令人感动，可父女俩忘恩负义、失信于马的行为也确实该受到谴责，难怪马儿死后还要把姑娘抓走。蚕神的故事听来有些荒唐，但提醒着我们，如果没有把握就不要轻易许下诺言，答应了别人的事就一定要办到。

要点思考

1. 根据文中的相关描写，说说姑娘是一个怎样的人。

2. 每次看见姑娘进出家门，马儿都会发出或喜或怒的叫声。假如马儿会说话，你觉得它这时候想对姑娘说些什么？

刑天舞干戚

导读

黄帝先后打败炎帝、蚩尤之后，刑天愤怒不已。在他心中，炎帝永远都是他的首领。宁死不屈的刑天，拿起武器，独自前去挑战黄帝。惜才的黄帝屡屡退让，却抵不过刑天的步步相逼。他不能再隐忍下去了，两人之间的激烈战争一触即发。

刑天是炎帝手下的一名大将。他生平酷爱音乐，常常用音乐描绘美好的生活。他创造了很多乐曲，表达人们在春天辛勤劳作和秋天收获成果时的喜悦。

炎帝被黄帝打败，又被蚩尤逼退之后，便隐居起来，潜心钻研医术。但是他的部下很好强，很多都不服黄帝的统治。当初蚩尤起兵时，刑天也想加入这场推翻黄帝统治的战争，可在炎帝的竭力反对之下，他选择了放弃。蚩尤惨败之后，刑天再也压制不住自己的愤怒，于是拿起武器，孤身前行，打算与黄帝决一雌雄，分个高下。

刑天左手握着长方形的盾牌，右手拿着一柄寒光闪闪的大斧，一路过关斩将，直杀到黄帝的宫殿前。当时黄帝正在和一帮大臣一起赏乐观舞，听到刑天的叫喊声便走到宫殿门口。刑天的大名和他的音乐才能很早就传到了黄帝的耳朵里，黄帝十分欣赏刑天，不想与他为敌，所以很友好地对他说："勇猛的刑天啊，现在天下太平，百姓丰衣足食，你何必再与我兵戎相见呢？放下你的武器，拿起你的乐器，继续为这和平的世界谱写动人的乐章吧！"

刑天一心要为炎帝报仇，哪里听得进黄帝的一番劝告？于是，他怒吼一声，挥动着武器冲向黄帝。黄帝爱惜人才，怕伤到刑天，就一直后退，从宫内退到了宫外，从天上退到了人间，一直退到大地西边的常羊山旁。常羊山是炎帝诞生的地方，往北不远便是黄帝诞生的轩辕（yuán）部落。黄帝眼看到了自己的故土，刑天还是一路相逼，实在是忍无可忍了，就拔出宝剑开始反击。刑天心想："天下本属于炎帝，黄帝篡权（用不正当的手段夺取权力。篡，cuàn），实在可恨。我要为炎帝夺回天下！"黄帝心想："现在国泰民安，多亏我的治理，他人休想染指（借指分取非分的利益，也指插手或参与分外的某种事情）我的帝位。"于是，刑天和黄帝各自使出浑身解数，厮打在一起。

黄帝到底是久经沙场的老将，又有九天玄女传授的兵法，便比刑天多了些心眼。他趁着刑天露出破绽之际，一剑向刑天的脖颈挥去。只听咔嚓一声，刑天的那颗像小山一样巨大的头颅便从脖颈上滚落下来，落在常羊山脚下。

刑天一摸脖子上没了头颅，顿时惊恐万分。他连忙将右手的斧头放在了持盾的左手上，伸出右手开始在地上乱摸乱抓。他想要把自己的头颅找到，安在脖子上继续与黄帝大战。

他摸呀摸，周围的大小山谷被他摸了个遍。在他右手的触摸下，参天的大树折断了，突出的岩石崩塌了，但他还是没能找到那颗头颅。因为他只顾向远处摸去，却没想到头颅就在离他不远的山脚下。

黄帝害怕刑天找到头颅后继续和他大战，索性举起手中的宝剑向常羊山用力一劈。随着轰隆隆的巨响，常羊山被劈为两半，刑天的巨大头颅骨碌碌地落入两山之间。此时，两山又合而为一，把刑天的头颅深深地埋葬起来。

听到这异样的响声，感觉到周围异样的变动，刑天停止了摸索头颅。他知道黄帝已经把他的头颅埋葬了，他将永远身首异处。他呆呆地立在那里，就像一座黑沉沉的大山。

黄帝松了一口气，以为自己战胜了刑天。忽然，愤怒的刑天身上散发出了强烈的红光，只见他撕开盔甲，赤裸着上身，双乳化作了眼睛，肚脐变成了嘴巴。他的身躯变成了新的头颅。那双乳的“眼”似乎在喷射愤怒的火焰，那肚脐的“嘴”仿佛在发出仇恨的咒骂，那身躯化成的“头颅”如山岳一样坚固，那双手的挥舞更加有力。刑天重新拾起武器，慢慢走向黄帝，恶狠狠地说：“黄帝，我没死，我永远不会向你认输。我们再大战三百回合，来吧……”可没过多久，刑天的神志开始变得模糊，声音也

越来越低沉。最后，他终于倒在了地上。

刑天死了，但他不屈的精神感动了黄帝。于是，黄帝下令把刑天埋在常羊山脚下，并且设立祭祀的花坛来纪念这位不屈的勇士。

成长启示

刑天，是一名勇猛的将士，他勇猛善战，不屈不挠，敢于挑战权威。可是，在他身上，我们不但要看到顽强不屈的精神，也要吸取一定的教训，不可像他一样不顾大局，一味地逞英雄。当时，在黄帝的治理下，国泰民安，形势一片大好，此时的刑天应该放下个人的恩怨，不应再做无谓的牺牲。

要点思考

1. 黄帝是怎样击败刑天的？

2. 刑天的哪些行为体现出他不屈的精神？

写作积累

●兵戎相见　忍无可忍　国泰民安　浑身解数

●听到这异样的响声，感觉到周围异样的变动，刑天停止了摸索头颅。他知道黄帝已经把他的头颅埋葬了，他将永远身首异处。他呆呆地立在那里，就像一座黑沉沉的大山。

●那双乳的“眼”似乎在喷射愤怒的火焰，那肚脐的“嘴”仿佛在发出仇恨的咒骂，那身躯化成的“头颅”如山岳一样坚固，那双手的挥舞更加有力。

方雷氏与梳子

导读

如果没有梳子，那打理我们的头发该多吃力呀！在远古时代，没有梳子的人们只能用手指来梳长长的头发，费时费力，有时还会弄伤手指，可梳出来的效果也不是很好。方雷氏看见这样的情景，很是不安，便发明了一个梳头发的工具——梳子。她的灵感来自什么东西呢？

方雷氏是黄帝的第二位妻子，她是一个非常聪明能干的女人。方雷氏曾经发明了骨针，把丝线穿在骨针尾部，教人们缝补衣服，人们都很佩服她。一个大家族里，需要处理的事情很多，而方雷氏在黄帝的后宫担当重任，管理着大家的饮食起居，为黄帝解决了许多烦恼。

方雷氏心里一直有一个未能解开的苦恼。每次看到宫里二十多位女子那乱蓬蓬的头发，她都感到不安和烦躁。她实在不愿意见到大家都邋（lā）邋遢（tā）遢的，尤其是宫里举办重要活动的时候。每当这种时候，方雷氏都会亲自帮这二十多位女子整理打扮，用手帮她们把头发理顺。这不是件简单的事，往往要忙得腰酸背痛，甚至把手指都给弄破了。闲下来的时候，她总是想：“有什么办法可以解决这个问题呢？我得发明一个可以用来打理头发的东西。”

终于有一天，方雷氏发明出了她想要的东西。

那时，大地上发了一场洪水，给黄帝发明船只的一名叫狄货的青年从水中捞回了很多比胳膊还要粗的带鱼，他想请黄帝的第三位妻子彤鱼氏把鱼烧给大家吃。可是，彤鱼氏生病了，需要休息，于是狄货又找到了方雷氏。方雷氏按照彤鱼氏烤鱼的方法，将鱼烤熟了，大家高高兴兴地吃了一顿佳肴，每个人旁边都堆了一堆鱼刺。

吃饱喝足之后，大家都散了，只有方雷氏还留在那里。她看着这些吃剩的鱼刺，觉得很有意思，就挑了一根最大的来把玩。她翻来覆去地看，越看越喜欢，突然萌生了用鱼刺打理长发的想法。怎料，梳着梳着，她觉得舒服极了，好像有人在给自己做头部按摩，头发很快就变得柔顺、整齐了。她跑到河边，朝水里一看，不由得乐了：“哎呀，真漂亮！”

方雷氏思考了片刻，还是弄不明白为什么鱼刺可以把蓬乱的头发梳得整整齐齐。但一想到以后可以用鱼刺给大家梳头，她就开心不已，再没有花时间去思考这个问题，而是挑了几根漂亮的鱼刺好好地保存起来。

第二天，方雷氏叫来宫里的二十几位女子，拿出鱼刺，把每根鱼刺都折成几个小段，给她们一人发一段，然后跟她们说：“这是鱼刺梳子，我昨天试了一下，用来梳头发效果很好，而且对头皮有按摩的功效。大家可以试一试。”然后，她拿起鱼刺梳子梳自己的头发，让大家跟着她做。结果，有的人用力过度，把鱼刺弄断了；有的人不小心把鱼刺刺到了头皮里，头皮痛得不得了；有的人觉得用手更方便，便把鱼刺扔掉了。

方雷氏看见她们或用不好鱼刺梳子，或不喜欢用鱼刺梳头，很是失望。但她没有就此放弃，转念一想，就又想出了一个办法。她找到木工睡儿，让他仿照鱼刺做一个木头梳子。没过几天，睡儿就做出了一把形似鱼刺的木头梳子。可是，那些木头梳子上的“刺”比手指还粗，用来梳头太不实用了，方雷氏觉得很不满意。后来，她又找来了几个会做木工活儿的人，跟他们一起研究不同的原材料，终于用竹子做成了好用的梳子。

从此，人们就开始用梳子梳头了。有了梳子后，人们都能很好地打理自己的头发，都把头发梳得整整齐齐的，看起来精气神好了许多。

成长启示

从方雷氏发明梳子的过程我们可以看到，创造人们所需要的新事物往往需要具备以下品质：勤于观察生活，善于发现问题，勇于解决问题，敢于提出假设，乐于不断尝试。这些品质不但适用于创新活动中，也适用于我们的学习中，能够帮助我们更好地吸收和消化新知识。

要点思考

1. 在发明梳子之前，人们是怎么打理自己乱蓬蓬的头发的？

2. 方雷氏发现鱼刺能用来梳头发之后很是高兴，可为什么宫里那二十多位女子都不想用鱼刺梳头发呢？

黄帝失玄珠

导读　黄帝有一颗漆黑又有光泽的宝珠，他很是珍爱。可有一天，他不小心把自己的宝贝弄丢了，派了几个天神去找也没找到。到最后，他只能寄希望于因粗心大意而闻名的象罔。不知象罔能不能让这颗宝珠失而复得，改变大家对他的看法呢？

昆仑山上，有凤凰和鸾鸟，又有许多珍贵的树木，其中一种叫琅玕（lánggān）树，会长出珍珠般夺目的美玉。在优美的风景环绕中，有一座华美的宫殿，那是黄帝常去游玩的行宫。有一次，黄帝经过赤水到昆仑山去，回来的时候，不小心弄丢了心爱的宝珠。那颗宝珠又黑又亮，被称为“玄珠”。

黄帝心想一定是落在赤水附近了，马上派了一个聪明绝顶的天神去寻找，这位天神名叫知。然而，知把赤水周边寻找了一遍，完全看不到玄珠的踪影，只得两手空空地回来报告这个不好的消息。黄帝又派在昆仑山上看守琅玕树的天神离朱去寻找玄珠。离朱长有三个脑袋、六只眼睛，每只眼睛都很明亮，而且锐利，但他也什么都没有找到。黄帝只得再派一个天神去找，这次去的是能言善辩的吃诟（gòu）。吃诟的辩才在这件细致的工作中没有发挥丝毫作用，他也没有其他能够找出珠子的本领，终于失望地回来了。

这该怎么办呢？黄帝挠了挠脑袋，目光游移在众人之间，最后落在了天神象罔（wǎng）身上。象罔是出了名的粗心大意，黄帝对他很不放心。可是，当时再没有别的人可供他选择了，他只能派象罔去找。象罔领了旨意后，漫不经心地走到了赤水岸边。说来也是奇怪，他只恍惚瞧了一瞧周围，便发现了草丛里漆黑而有光泽的宝珠。玄珠正不声不响地躺着呢！象罔弯了弯腰身，捡起玄珠，慢悠悠地回去了。

黄帝见这个粗心大意的天神一去就把宝珠寻了回来，不禁大为惊叹。他想："别人去找什么都没找到，这象罔一去就找到了，难道这是他命中注定该有的缘分？"黄帝越想越确信自己的这个想法，于是把他心爱的玄珠交给粗心大意的象罔保管。

可是，象罔没有因为接过这个重任而变得谨慎，他漫不经心地把玄珠往大袖子里一放就离开了。此后，他还像从前一样，每天无所事事地到处游荡，也不去看一看那颗玄珠是不是还安好。后来，震蒙氏的一个姑娘知道了这件事，略施计谋，便轻而易举地把玄珠偷了去。

玄珠被偷了一段时间，象罔才发现玄珠没了。他这时才知道着急，连忙赶去向黄帝禀报。但是，问他在哪里丢的，怎么丢的，他说不清楚，黄帝懊恼不已。后来，黄帝找人把事情调查清楚了，才知道是震蒙氏的一个姑娘干的。他马上派人追捕这个姑娘，还声言要跟震蒙氏部落追究（追问〔根由〕；

追查〔原因、责任等〕）到底。

那姑娘一听说黄帝的人要来，急得不得了，她怕受罚，也怕连累自己的部落。当时，她脑海里只有一个想法：逃！她一路跑，一路跑，跑到了汶川（即岷江，在今四川境内。汶，wèn）。在那滔滔江水之前，她终于意识到再这样逃下去于事无补。思前想后，她下定决心，一口吞下玄珠，勇敢地跳进了汶川。死后，她变作一个马头龙身的怪物，成了汶川的水神，名叫"奇相"。若干年后，在禹治水的时候，她还提供了很大的帮助。

成长启示

明知象罔粗心大意，黄帝却还是把玄珠交给他保管。从黄帝的这个决定，我们可以得到两个启示：人是不断成长的，我们不该因为一个人曾经犯下大错而否定他改过自新的可能性，从而抹杀他证明自己的机会；同时，在做出决定之前，要进行调查和分析，力求理智，因为也有很多人缺乏改善自身的意识。

要点思考

在丢失玄珠这件事上，黄帝、象罔和震蒙氏的姑娘或多或少都应承担一定的责任。请你指出他们在这件事上分别有哪些做得不妥的地方。

写作积累

- 两手空空　粗心大意　漫不经心　不声不响　无所事事
  轻而易举　于事无补

夸父逐日

导读

太阳每天都会落下，黑夜紧随其后而来，这也意味着寒冷与昏暗降临大地。为了让光明与温暖永远地留在大地之上，巨人夸父踏上了逐日的征程。在这段旅途中，他会遇到哪些难关呢？

远古时候，在北方荒野中，有座巍（wēi）峨雄伟、高耸入云的大山。在山林深处，生活着一群高大威猛、力大无比的巨人。他们耳朵上挂着两条黄蛇，手臂上缠着两条黄蛇。他们的首领，叫作夸父，因此这群人被叫作夸父族。这些人勤劳勇敢，心地善良，过着与世无争的日子。

那时候，遍地都是毒蛇猛兽，人们生活非常困难。夸父身材魁梧（kuíwu，〔身体〕强壮高大），意志力十分坚强。为了让族人能够生活下去，他带领年轻人跟洪水、猛兽搏斗。

太阳每天都在西边落下，然后漫长的黑夜来临，寒冷与昏暗使人感到恐惧，夸父将这一切看在眼里，心里很不是滋味。每天在日落时，夸父总是向太阳虔诚（恭敬而有诚意。虔，qián）地祈祷："太阳啊，停下你的脚步吧，你是我的力量、我的生命，是大地上所有生命的活力源泉啊！"然而，太阳从没有被他的虔诚所感动，仍然只给他半天的光明与希望，然后吝啬（lìnsè，过分爱惜自己的财物，当用不用或当给的舍不得给）地收回这一切，头也不回地离开。

终于有一天，这位勇士愤怒了，他想："每天晚上，太阳都躲到哪里去了呢？我不喜欢黑暗，我要去追赶太阳，把它抓住，叫它固定在天空中，让世界不分昼夜，永远明亮。"于是，夸父告别族人，拿起手杖，迈开双腿，如风般奔跑，开始了他的逐日征程，瞬间就跑了一两千里。

夸父勇敢地跟着太阳越过一座座大山，穿过一个个平原，蹚（tāng）过一条条大河。风在耳边呼啸，雨在眼前飘洒，雪在脚下堆积，他全然不顾。他一直追，把太阳追到了禺（yú）谷。禺谷，就是太阳落下的地方。太阳越来越疲惫了，它变成了一个红彤彤的圆球，有气无力地趴在山尖上喘息。万道金光沐浴在夸父的身上，他几乎可以伸手摸到太阳。

"太阳啊，我终于可以拥抱你了。"夸父无比欢欣地张开了双臂。就在这时候，他喉咙里忽然感到一种极其难耐的口渴。这不奇怪，他被太阳炙（zhì）烤着，又奔跑了这么长时间，实在是疲倦极了，干渴极了。

他只得暂时放弃拥抱太阳，去喝黄河的水。他俯下身，贪婪（渴求而不知满足。婪，lán）地喝了一口又一口。慢慢地，河底的沙土裸露出来，黄河水被他喝干了，但他还没有喝够。

他又去喝渭（wèi）河里的水。经他这么咕嘟咕嘟地喝，不出一会儿，河底的卵石出现了，霎（shà）时间渭河的水也被他喝干了，可他的渴还是没有止住。

“勇士，到北方的大泽去吧，那里有喝不完的水。”一只鸟儿飞过来在他耳边大声说道。

鸟儿所说的大泽，又叫瀚海，在雁门山的北边，纵横千里。那里的泉水，可以给寻求光明的巨人解除口渴。于是，夸父迈开双腿向北走去。可是，在他到达目的地之前，体内的烈火已经一点一点烤干了他最后的力气，他颓（tuí）然倒下，像山一样轰然崩塌，大地和山河都因为这巨人的倒下而发出一声巨响。

渐渐滑下山尖的太阳，把最后几缕光辉送到了夸父的眼里。“太阳啊，我深爱着你，你的光明，你的温暖……”夸父遗憾地望着西沉的太阳，把手里拄的手杖奋力往前一抛，然后闭上了双眼。

第二天早晨，当太阳精神抖擞（dǒusǒu，振作）地跃出山坳（ào），用它的金光来普照大地的时候，人们发现在夸父倒下的地方崛起了一座大山，山北边有一片绿叶茂密、硕果累累的桃林，那就是夸父的手杖变成的。这片桃林枝叶繁茂，为往来的过客遮阴；结出的鲜桃，为勤劳的人们解渴。人们在这里休息片刻，就能消除疲惫，精力充沛（充足而旺盛。沛，pèi）地踏上征程。

成长启示

为了把太阳固定在天空中，让世界不分昼夜，永远明亮，夸父奋力追赶太阳，最终献出了自己的生命。死后，他的手杖变成了郁郁葱葱的桃林，这片桃林枝叶繁茂，结出鲜桃，为往来的过客提供了许多便利。现实生活中，我们不光要学习夸父那种为了目标勇往直前的精神，还要努力培养他那种不忘造福后人的意识。

要点思考

仔细回想，历史上和你的身边有哪些“夸父”式人物？请简要概括他们的事迹。

写作积累

● 高耸入云　有气无力　硕果累累

● 在他到达目的地之前，体内的烈火已经一点一点烤干了他最后的力气，他颓然倒下，像山一样轰然崩塌，大地和山河都因为这巨人的倒下而发出一声巨响。

愚公移山

导读

有一天，大力神夸娥氏的两个儿子被天帝叫到了面前，天帝命令他们到人间去帮一个叫愚公的人移走两座大山。这个愚公是谁呢？他做了什么事竟感动了天帝，令天帝愿意安排天神去帮助他？还有，他为什么要移走那两座大山？

愚公家门前有两座大山，叫太行和王屋。这两座大山，占地方圆七百里，高七八千丈，挡住了他们一家人通向外边世界的路。

“听人说，山的那边是广阔无垠（yín，界限；边际）的海，海中的仙岛上住着仙人。我活了九十多岁了，从来也没有走出这大山，没见识过山那边的一切啊！”愚公对着门前的太行、王屋二山发出了一声叹息。

“孩子们，你们想看看山外的世界吗？”晚饭时愚公问子孙们。

“想！”子孙们异口同声地回答道。

“我们把门前这两座山搬走，行吗?”愚公征求着子孙们的意见。

“太好了！移走太行和王屋这两座山，我们就可以走出去看大海、看世界了。”子孙们都拍手叫好。

可是，愚公的妻子不同意。她推了愚公一把说：“你都一把年纪了，铁锹(qiāo)都快拿不动了，恐怕连一个小土坡你都动不了，还想搬太行、王屋这两座大山?就算你能搬得动，这山石要往哪儿堆呢?”

“听说渤海要多大就有多大，我们把山石搬到渤海去。”子孙们建议道。

就这样，愚公带着子孙们开工了。他们凿石头，挖土，用簸箕和箩筐把石块、泥土运到渤海边上。邻居京城氏的寡妇有一个儿子，听说了这件事，也一蹦一跳地赶来帮他们的忙。愚公和子孙们每日快乐地往返于太行、王屋和渤海之间。

愚公的邻居河曲智叟(sǒu)看到了，嘲笑愚公：“愚公呀愚公，你果然没起错名字啊，这么一把老骨头了，还想移山?愚呀！愚到家喽！”

愚公反讥道：“邻家的孤儿寡母都有放眼天下的雄心，你怎么还像井底之蛙一样没见识呢?亏你还是智叟呀！”

智叟尴尬地说：“我是说，你这么一点一点地搬石运土，何年何月才能搬走这两座大山呢?”

愚公哈哈大笑道：“你可真是顽固不化，即使我死了，还有我儿子。我的儿子又生孙子，孙子又生儿子，子子孙孙无穷无尽，而山却不会增高。我们不言放弃，世世代代不停地干下去，总有成功的一天。”说得智叟顿时哑口无言。

一年又一年，愚公带着子孙，从不懈怠（xièdài，松懈懒惰），热火朝天地干着。这里的山神开始害怕了，如果任由愚公不停地挖下去，自己哪还有立足之地啊。于是，山神将这件事汇报给了天帝，不想天帝被愚公这种坚持不懈的精神感动了，立刻命大力神夸娥氏的两个儿子一人背起一座大山，把山移走，一个向东，一个向西。从此，愚公家门前，再也没有大山阻挡了，他们一家人终于可以看到外面的世界了。

成长启示

愚公移山的故事，反映了我国古代劳动人民改造大自然的伟大气魄和惊人毅力。愚公勇于尝试和坚持不懈的精神令人敬佩，他对未来始终怀有希望。愚公的经历告诉我们：无论遇到多么困难的事情，只要有恒心有毅力地做下去，就有可能成功。

要点思考

1. 本文中，愚公和智叟的言行形成了鲜明的对比，请圈出相关描写，细细品味。

2. 愚公移山是为了到山外去看大海、看世界。请你说说，放眼看世界的重要性是什么。

写作积累

- 广阔无垠　异口同声　放眼天下　井底之蛙　顽固不化　无穷无尽　哑口无言　热火朝天

共工怒触不周山

导读

不可一世的水神共工为了坐上天帝的宝座，向颛顼发动了战争，但颛顼的一把火将他的野心烧成了灰烬。他落败了，顿时觉得没有颜面见人，又羞又恼地撞向了不周山。轰隆一声，不周山倒了，毁天灭地的灾祸气势汹汹地降临了。

女娲创造了人类之后，许多为民着想的能人异士陆续涌现，人们的生活得到了不断改善，家家户户都幸福快乐地生活了很多年。可是，一场可怕的战争打破了相对平静的生活，紧跟着来的是足以毁天灭地的巨大灾难。

交战的双方是统治人间的天帝颛顼和统治大地上十分之七水域的水神共工。

共工是火神祝融的儿子，长着人的脸、蛇的身子，披着一头火红色的头发，愚蠢，凶暴。他早就不甘心被颛顼压制，一心要抢夺天帝的位置。共工手下有两员大将，一个叫相柳，一个叫浮游。相柳也是人脸蛇身，浑身都是青色的，还长着九个脑袋，残酷，贪婪，一顿饭能吃掉九座山上的东西。浮游也长得十分凶神恶煞，据说他能看透人的心思，从而蛊惑（gǔhuò，毒害使迷惑）人心。共工有一个本事不大，却极有野心的儿子，他也加入了战队。

颛顼对共工的野心早有防范，当共工带着浩浩荡荡的队伍来攻打时，他立即带领兵将反击。激烈的战争持续了很长时间，他们从天上打到人间，打到西方的不周山脚下。为了一举击溃（kuì）颛顼，共工调来了五湖四海的水，掀起了滔天巨浪，大江大河里的各种水族动物都在他的指挥下攻向颛顼。

这场战争牵涉很广，许多百姓平白无故地蒙受了灾难，颛顼看在眼里，痛在心中，决心要将共工等人一网打尽。

共工和他的部将拼尽全力，然而，还是敌不过使出浑身解数的颛顼。颛顼放出了一把大火，共工的将领兵卒一个个被烧得焦头烂额（形容十分狼狈窘迫），伤亡惨重。

性急的浮游拼死冲出火围，一头扎进了淮水，结果还是因为伤势过重死了。他死后心有不甘，化成了一头红熊。传说这头红熊曾鬼鬼祟祟（偷偷摸摸；不光明正大）地跑到晋平公房里，把他吓出一场病来。共工的那个儿子也受了重伤，战败之后气得不行，在冬至那天死了，死后化作厉鬼，在人间为非作歹（做各种坏事）。他天不怕地不怕，唯独害怕红豆，于是人们常在冬至煮红豆粥来驱赶他。至于有九个脑袋的相柳，虽然没死，却也因惨败而羞愧不已，躲到昆仑山北面去了，很长时间都不肯见人。

不可一世（自以为在当代没有一个人能比得上，形容极其狂妄自大）的共工见大势已去，不由得又羞又恼，便想一死了之，一头撞向了不周山。这一撞，力道极大，只听得轰隆一声巨响，不周山被撞成了两段，顿时崩塌。

共工命大，没有撞死，日后还到人间捣乱。可这不周山一倒，整个宇宙都被震动了。原来，这不周山是将天地分开的擎（qíng）天柱，经水神共工这么一撞，天上露出了一个大窟窿（kūlong，洞），地上裂开了纵横交错的一道道深坑。霎时间，山林燃起烈火，地底喷涌出洪水，四处逃窜的人类和鸟兽虫鱼有意无意地互相残害。这时候的世界，火焰裹挟（guǒ xié，〔风、水等〕把别的东西卷入，使随着移动）着哀号蔓延八方，巨浪交杂着血泪席卷大地，简直是人间炼狱。

成长启示

水神共工为了一己之私，竟掀起战争，不但牵连了无辜的百姓，还引发了毁天灭地的巨祸，可见不顾大局而鲁莽行事的后果是多么可怕。顷刻间，原本和平安稳、充满欢声笑语的世界，变成了交织着血泪与哀号的人间炼狱，可悲可叹。

要点思考

1. 水神共工为什么要与天帝颛顼和火神祝融打斗？
2. 将天地分开的擎天柱倒塌之后，整个世界会发生什么变化？

写作积累

- 能人异士　浩浩荡荡　平白无故　焦头烂额　鬼鬼祟祟　为非作歹　不可一世

女娲补天

导读

女娲是一位伟大的母亲，她创造了人类，更时刻关心人类。为了拯救陷于苦痛的子女，女娲决心平息祸乱，不惜付出一切代价。修补天上的大窟窿、寻找擎天的柱子、收服捣乱的恶龙、扑灭大火和堵塞洪水，女娲要做的真不少。

不周山倒塌之后，人类遭遇了前所未有的毁灭性灾难。大地之上，血流成河，哀号遍野，人类的母亲女娲心痛不已，好似有一把刀在她心上割了一下又一下（比喻手法，形象地表现了女娲的心痛）。大局为重，她已没有心思去追究那个捣乱的人，当务之急（当前急切应办的事）是修补天上的窟窿。

这是一件巨大而又艰难的工作，可慈爱的女娲为了她的孩子们，一点儿都不怕辛苦，勇敢地担起了这项重责。补天需要先炼石，女娲在大江大河里收集了许多五色石，然后架起一把天火将它们炼成胶状液体。修补天空需要耐心和细心，一不留神，刚补好的地方又会裂开。为了不出差错，女娲来回飞了许多遍，亲手把这些五色的胶状液体填进天上的大窟窿。她一天到晚都忙着补天，即使双手烫出水泡，掌心磨出茧子，她也一刻不停。终于有一天，苍天补好了。

只是把这个大窟窿补好了还不够，失去支撑的天空仍然在往下坠，如果不做出新的擎天柱来，天地将再次合拢，变回盘古开天辟地之前的模样。女娲抓来了一只巨大无比的乌龟，砍下了它的四条腿，把它们竖立在大地的四方，用来做擎天的柱子。这样一来，天空恢复了原来的高度，再也没有塌下来。

在人类遭受不幸的时候，一条作恶多端的黑龙趁机步入中原捣乱。它兴风作浪（比喻挑起事端或进行破坏活动），招来滚滚洪水冲刷房屋、庄稼，还张开血盆大口吞食人类。女娲不能容忍这条恶龙残害自己的儿女，天塌的问题解决之后，她第一时间飞到中原去找那条黑龙。三天三夜的浴血奋战后，黑龙死在了愤怒的女娲手下，跟随黑龙作乱的猛禽野兽顿时四散，纷纷逃往山林。

补好了天，收拾了恶龙，女娲还扑灭了森林大火，大地上的哀号终于消失了许多，人类和动物都开始踏上归家的旅途。眼下只剩那滔天的洪水了。女娲找来了许多芦苇，把它们堆成了一座小山。芦苇堆越来越多，慢慢地连成了一大片。接着，女娲放了一把火，火苗迅速蔓延，顿时火光冲天。大火过后，芦苇山变成了灰烬山，女娲把这些灰烬撒向层层巨浪。灰烬量多，且有很强的吸水能力，一方面堵住了水流的去路，另一方面迅速地吸干了所有的洪水。

这一场毁天灭地的巨祸，终于被这位伟大的人类母亲平息了，人类终于死里逃生。不久，房屋得以重建，庄稼在田地里茁壮成长，这个世界又一次出现了人类的欢声笑语。

成长启示

女娲对人类的爱可以从两个方面来理解，一是母亲对子女的爱，二是博爱。为了拯救身处苦难之中的人类，女娲四处奔波，历尽艰辛，却从不说一个“苦”字。是爱，支撑着她熬过痛楚；是爱，守护着大地上的人类；是爱，感动了我们每一个读者。在女娲身上，我们读到了母爱的温暖，也见识到了为他人着想的博大胸怀。

要点思考

1. 女娲用什么东西来填补天上的大窟窿？

2. 芦苇的灰烬有什么作用？

写作积累

● 当务之急　作恶多端　兴风作浪　血盆大口　死里逃生

● 大地之上，血流成河，哀号遍野，人类的母亲女娲心痛不已，好似有一把刀在她心上割了一下又一下。

姜嫄生稷

导读

后稷似乎生来就与大自然有着密不可分的关系。他一出生就得到了大自然的眷顾，牛、羊、飞鸟、猛虎都曾给予他关照。后来，他对农作物有了很大的兴趣，从做种果实的游戏发展为推进农业生产活动。他在农耕方面有许多卓越的成就，人们称他为“农神”。

远古有一个叫有邰（tái）氏的部落，那里有一位非常漂亮的姑娘，名叫姜嫄（yuán）。后来，她嫁给了帝喾（kù）。

有一天，姜嫄与同伴到郊野去游玩，回家路上，她看到地面上有一个巨大的脚印。她从未见过这样大的脚印，又害怕，又好奇，便试着踩上去，比一比自己的脚印跟它有多大差别。当她的脚刚踏到大脚印上时，她的肉体和精神都好像被什么东西触动了一下。当时，姜嫄没有太在意这种奇异的感觉，可到家不久，她就怀孕了。

怀胎数月后，姜嫄竟生下了一个圆滚滚的小肉球。部落里的人都觉得这是一个不祥之兆，嚷嚷（rāngrang，喧哗；吵闹）着要把这个肉球扔到外面去。姜嫄还没来得及好好看看自己生下的这个小东西，它就已经被人夺了去，抛弃在狭窄的小路上。

人们以为，过路的牛羊会踩扁那个小肉球。然而，牛羊走到这狭窄的小路时，纷纷绕过了那个小肉球，生怕伤害了它。更令人吃惊的是，有的牛羊似乎很喜欢这个小肉球，走过去轻舔几下才离开。

人们见到这样的情形，很是纳闷，又决定把小肉球丢弃到树林里去。可当负责办这件事的人去到树林的时候，碰巧有许多猎人和砍柴工经过，他不想被其他部落的人知道这个小肉球的存在，便赶紧跑了。跑着跑着，他来到了一片荒野。当时正是冬天，荒野的河面上结了厚厚的一层寒冰，他左右张望，见没有其他人就索性把小肉球丢弃在冰上了。小肉球在冰上冻得红通通的。

那个人刚要离开，奇怪的事情又发生了。天空突然飞来了一群鸟，它们围着小肉球转起了圈，边飞边叫。其中两只大鸟落到了小肉球身边，将自己柔软的翅膀轻轻地覆盖在小肉球上面，保护着它，温暖着它。那个人被眼前的景象吓得迈不出腿，一直呆呆地看着。

不知过了多久，翅膀底下传来了婴孩哭叫的声音。那两只鸟一听到声音，便挪开翅膀，飞到了天上。这时，那个小肉球闪烁着红光，不一会儿就像小鸟破壳似的裂成两半，露出一个脸蛋红扑扑、身子胖乎乎的小男孩。那个小男孩哇哇哭着，声音非常洪亮。那个人吃惊地叫了起来，狂奔回部落将这件奇异的事告诉了大家。

姜嫄一听说自己生的是一个小男孩，就飞快地来到了荒野。可是，冰面上没有任何人的身影。姜嫄心里很着急，赶紧到周围寻找。找着找着，她听到了细微的婴孩笑声，循着那声音找去，她在一片草丛后看到了那个小男孩。那个小男孩正躺在一只猛虎怀里呢！姜嫄吓得不知如何是好，她哪里知道，这只猛虎是来给这孩子喂奶的。小男孩张开嘴巴，甜甜地吮吸着猛虎的奶汁，时不时还松开嘴来哈哈地笑。

姜嫄不敢上前，只躲在草丛里看，眼睛紧紧盯着小男孩，瑟（sè）瑟发抖的手紧紧握住一把草。这时，猛虎转过脸来，正好看到了姜嫄。它没有害怕，也没有变得凶狠，而是镇定地站起来，大摇大摆地走了。见老虎走远了，心情错综复杂的姜嫄才敢过去把自己的孩子抱起来。而那小男孩呢，在母亲温暖的怀里，慢慢睡去了。

姜嫄给这个孩子取了一个名字叫“弃”。弃是周民族的先祖，人们尊称他为“后稷（jì）”。

在姜嫄的精心培育下，后稷长成了一个聪明善良的人。他对一切事物都很感兴趣，尤其是各种农作物的种子。小时候，他总是做种果实的游戏，先收集野生的麦子、谷子、大豆、高粱，以及各种瓜果的种子，然后把它们种到田里，种出硕大的果实，那些果实比野生的饱满甜美多了。等长大成人以后，后稷积累了不少农艺经验，他把这些经验教给了母亲家乡一带的人，还尝试用木头和石块制造简单的农具。人们在后稷的指导下，把农耕做得越来越好，有邰氏逐渐成为著名的农耕部落。

尧（yáo）对后稷非常赏识，任命他为全天下的农师，指导各地人民的农耕工作。后来，舜（shùn）继位，把有邰氏居住的有邰封给后稷，作为他和全天下人民的农业试验场。

后稷死后，人们为了纪念他的功劳，把他葬在都广之野，那是连接天庭和人间的天梯所在之地。也许是后稷的神灵在那里广布恩泽，这片原野分外肥沃，各种各样的谷物总是生机勃勃的，四周山环水绕，鸾凤和鸣，风景非常美好。

成长启示

后稷从小就对农作物的种子有浓厚的兴趣，所以常常做种果实的游戏，而且越做越好，慢慢积累了许多农艺经验。长大之后，他便把这些经验运用到造福人类的工作中，推动农业生产的进步。把个人的兴趣发展成有益于人类的事业，听来真是不错，既能实现自我价值，获得愉悦感，也能满足他人、社会的需求，让大家的生活更加美好。

要点思考

1. 姜嫄给她的孩子取名为“弃”，你认为这其中有什么含义呢？

2. 后稷的诞生和他所取得的成就都与大自然的生物有着密切关联，让人不由得联想到人与自然的关系。你觉得人与自然应该建立起怎样的关系？

写作积累

● 瑟瑟发抖　错综复杂　生机勃勃

● 这时，那个小肉球闪烁着红光，不一会儿就像小鸟破壳似的裂成两半，露出一个脸蛋红扑扑、身子胖乎乎的小男孩。

羿射九日

导读

一个太阳能给人们带来光明与温暖，而十个太阳同时出现在天上，带给世间万物的则是灾难。面对天空上顽皮的十个太阳，地上的人们有苦难言。这时，天上的神射手羿奉命来到了人间。他能否成功说服十个太阳，让他们不再胡作非为呢？

天帝帝俊和太阳女神羲和生有十个儿子，他们便是天上的十个太阳。他们的外形如同小鸟，被一团炙热的火光包裹着。羲和经常带他们到东海洗澡，洗完澡之后，他们就栖（qī）息在东海一棵名叫"扶桑"的大树上。当黎明来临时，羲和便赶着龙驾，带着一个儿子在天空值班，而其余的儿子就留在东海。第二天，她再带另一个儿子出去。十个儿子，轮流穿越天空，给万物带来光明和热量。那时候，人们在大地上日出而作，日落而息，生活得非常幸福和睦（相处融洽友爱；不争吵。睦，mù）。

十个太阳擅离职守会造成什么后果呢？

有一天，留在东海的九个太阳突然不安分起来，其中一个突发奇想，提议说："我们兄弟一起去周游天空吧，那样一定很有趣。"其余八个顽劣的太阳齐声说"好"，于是他们一起跃出东海，向天空飞去。

就这样，十个太阳一起在天空中追逐打闹。他们时而追赶高飞的小鸟，时而卧在软绵绵的云彩上打滚，别提有多高兴了。起初，人们看见十个太阳同时出现在天空中，十分惊奇，可很快就感觉酷热难耐，于是纷纷伏地，哀求太阳们赶快离去。

"哈哈，真好玩！我们就在天空中多待几天吧！"太阳们快乐地在天上飞来飞去，全然不理会人们的苦苦哀求。

持续高温给地上所有生物造成了巨大的伤害，严重威胁着所有生命。

太阳们在空中一连玩耍了好几天，仍是不知疲倦。这下，可苦了地上的万物。森林在高温下自燃，最终烧成了灰烬，许多动物也被烧死了；那些在大火中没有被烧死的动物奔窜于人群之中，发疯似的寻找食物；河流干枯，大海干涸，所有的鱼都死了，许多人和动物都相继渴死；农作物枯萎，供给人和家畜的食物断绝；一些人出门寻找食物，却被太阳活活烤死了；另外一些人则成了野兽的食物……人们在太阳的炙烤下挣扎着生存。不仅如此，许多妖怪受了任性的太阳们影响，海中的蛟龙、南方的火鸟也纷纷出来作怪，残害人类。大地上的人们慌作一团，苦不堪言。

人间的哀号和祈祷声惊动了帝俊，帝俊对儿子们的胡作非为（不顾法纪或舆论，任意行动）又急又气。这时，天上的神射手羿站出来说："天帝，让我去为民除害吧。"

帝俊沉思了半晌，对羿说："好吧，我赐你神弓神箭去人间除妖。至于我那十个顽皮的儿子，吓唬吓唬他们就行了，不要伤害他们。"

在下决定之前，帝俊显得很犹豫。他很心疼自己的儿子，即使他们犯了大错，也不愿他们受到伤害。

于是，羿带着他美丽的妻子嫦娥来到了人间。人间此时是一片凄惨的景象：大地出现一条条可怕的裂缝；地上干枯的草木有的被火烧黑了，有的被风卷得漫天飞舞；许多晒死、渴死的人像枯木一样横在地上，没死的人靠在树干上奄奄一息。羿痛心地闭上了眼睛："真是太过分了，我一定要教训教训他们。"

由于这十个太阳都是帝俊的儿子，羿起初并不敢直接向他们开战，只是用严厉的口气告诫他们："天帝的儿子们，给人间带来光明与温暖的太阳们，快回到东海去吧！你们再这样肆意妄为（不顾一切由着自己的性子去胡作非为），一定会遭受惩罚的。"

谁知十个太阳不但不听，反而叫嚣(xiāo)起来："哈哈，羿，你不在天上做你的逍遥神仙，反而跑到人间来多管闲事。那就让你见识见识我们的厉害吧！"

在太阳面前，人类是多么渺小而脆弱。

十个太阳红着脸，在天上尽情地施展他们的神力。地上奄奄一息的人像被什么东西束缚着，他们想喊，干哑的喉咙却发不出声音，想躲避炙烤，又无力翻身。

"羿，见识到我们的厉害了吧？"

"你们再不回去，就别怪我箭下无情了。"羿大声警告道。他感到非常愤怒，马上拉开了弓。

众太阳一见羿拉弓就胆怯地跑了，与先前欺负人类时的嚣张形成反差，可见他们畏强欺弱。

众太阳一看这架势，有些胆怯："好了，今天也玩够了。我们明天再见吧！"说完，就一起消失在天空中，世间瞬时变得寒冷黑暗。

第二天，太阳们又出现了。他们尽情玩乐，可一看到羿拉弓就跑。过一会儿，他们又嘻嘻哈哈地出来。由于顾忌帝俊的心情，羿一直不敢放箭。

几天后，太阳们摸准了羿的心理，更加肆无忌惮（任意妄为，没有一点儿顾忌。惮，dàn，畏惧；怕）地挑衅羿和祸害百姓。早已怒不可遏的羿咬着牙，抽出了神箭，拉开了神弓，瞅准了其中一个太阳。

“羿，不能放箭！”嫦娥拉住了羿的手，“你别忘了，他们可都是天帝的儿子啊！天帝吩咐过你不要伤害他们的。”

其中一个太阳见到这个情景，轻蔑地说：“我早说了，羿不过是父亲手下的一个小小射手，不敢把我们怎么样的，你们说是不是啊，兄弟们？”另一个太阳更是狂妄地说：“就算我们再晒死几个人，他也不敢拿我们怎么样。”其他的太阳哈哈大笑，高声附和。

对权威的服从制约了惩治恶徒的行动，结果众太阳更加得意忘形了。

羿被这些话彻底激怒了，他回头看了一眼那些饱受煎熬的人们，有的头垂在胸前不能动了；有的死死地盯着他，又慢慢闭上了双眼；有的死不瞑目，还用期盼的目光看着他。他咬咬牙，拉满神弓，“啊——”地大喊一声，射出了神箭。

神箭呼地飞了出去。

“噼！啪！”一个太阳登时爆裂，变成一只三脚乌鸦跌在了地上。

“嗖——嗖——”

“噼！啪！噼！啪！”

羿一箭接着一箭放出去，太阳一个接着一个中箭坠地。天空中火花飞溅，太阳们的惨叫声不断传来。

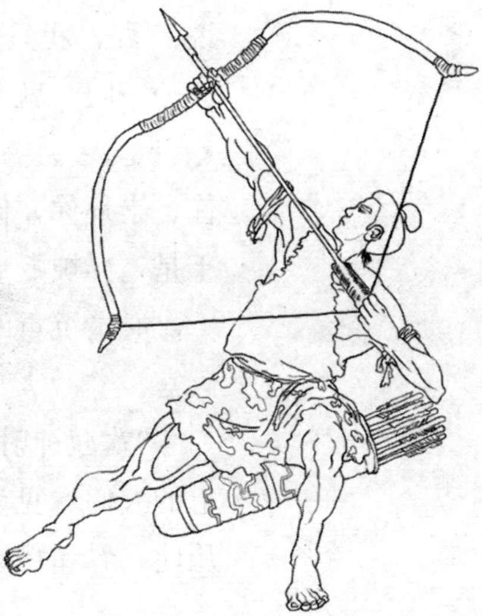

“饶命啊，神射手！饶

命啊，神射手！你把我们兄弟全射死了，谁来当太阳啊？”天上仅剩的一个太阳东躲西躲，吓得大喊起来。

羿不听他求饶，又拉满了神弓，准备射杀。

“神射手，留下他吧，我们不能没有太阳啊。”人们哀求羿手下留情，放过这个太阳。

最后一个太阳吓得簌簌发抖，颤声说道：“饶了我吧，我以后再也不敢放肆了，我一定老老实实，尽职尽责。”

“沉重的脚步”体现出羿的担忧。他杀了天帝的儿子，天帝很可能会因此怪罪他。

羿松了弓，在人们的欢呼声中迈着沉重的脚步回天庭了。

帝俊得知羿射杀了自己的九个儿子，非常震怒。他本想重重地处罚羿，但是众天神都前来为羿求情。最后，帝俊冷冷地对羿说：“羿，我只是让你教训一下我的儿子，可你……唉，就算他们咎由自取（遭受责备、惩处或祸害是自己造成的）吧。我看地上的人那么敬仰你、崇拜你，你就和他们一块儿生活去吧。”于是，羿被贬下了凡间。

心情沉重的羿带着嫦娥一步一步离开了天宫。

“欢迎神射手回来！神射手回来喽！”地上的人们看见羿回来了，都欢呼雀跃起来。从此，羿和嫦娥就在人间生活了。

成长启示

这则神话中的十个太阳，本应轮流穿越天空，给万物带来光明和热量，后来却由于顽皮，给人们带来了灾难。羿奉帝俊之命前去劝说他们，他们不但不知悔改，反而更加肆无忌惮，最终引来了杀身之祸。知错能改，善莫大焉。做了错事，一定要听从劝说，及时改正，不要一意孤行，害人害己。

要点思考

1. 请根据本文内容，简要分析羿的性格特点。

2. 有人说，羿应在一开始就射杀太阳，不该一再放过他们。你赞成这个观点吗？为什么？

写作积累

● 苦不堪言　胡作非为　奄奄一息　肆无忌惮　尽职尽责
咎由自取　欢呼雀跃

● 大地出现一条条可怕的裂缝；地上干枯的草木有的被火烧黑了，有的被风卷得漫天飞舞；许多晒死、渴死的人像枯木一样横在地上，没死的人靠在树干上奄奄一息。

嫦娥奔月

导读

被贬到人间的嫦娥没能很好地融入人间的生活，她只能依靠自己的丈夫，可丈夫忙于帮助百姓，不知不觉间冷落了她。嫦娥感到十分寂寞，内心充满了抱怨、哀伤。望着丈夫交给自己保管的不老药，她心里生出了一个念头……

由于射杀太阳惹怒了天帝，羿和他的妻子嫦娥一起被贬下了凡间。羿刚到地上，就被百姓团团围住，受到了他们的热烈欢迎。

“神射手回来了！神射手真是我们的大恩人啊！”百姓争先恐后地向羿表示感谢，此时的羿在百姓的称赞声中渐渐忘却了被贬凡间的屈辱，不禁有些得意起来。羿本是个正义勇敢的英雄，从此，他更是下定决心要安心地生活在凡间，造福百姓。

想着想着，他无意中看到了妻子嫦娥有些落寞的神情。他心想：“她一定还在为被贬凡间而苦恼，是我太冲动，连累了她。她本是天上的仙女，仙女是永远不会老的，但到了凡间免不了生老病死。她老了之后从镜子里看到自己老态龙钟的样子，一定会非常伤心。不行，我一定要想个办法，阻止她变老。”

于是，羿挣脱了包围着他的百姓，走到嫦娥面前，握着她的手说：“你放心吧，我一定会想办法让你永葆青春，让我们夫妻长生不老！我们要永远在人间过幸福甜蜜的生活！”嫦娥听了丈夫的话，终于舒展了眉头，露出了笑容。

可是，时间一天天过去了，羿始终没有找到长生不老的办法。

一次偶然的机会，羿遇见了他昔日在天宫的朋友，羿将自己的苦恼告诉了那位天神朋友：“我答应了嫦娥，要想办法让她青春常驻。可是，至今我还是一筹莫展（一点儿计策也施展不出；一点儿办法也想不出）。”

天神开口说：“别担心，我听说昆仑山上的西王母那里有长生不老药，你可以去找找看。”

羿听了，欣喜地谢过天神朋友，然后回到家中告别妻子，踏上了西行之路。

羿凭着坚韧不拔的精神，翻过化物成灰的炎山，越过一触即沉的弱水，攀上万丈山崖，历经万难，终于来到了昆仑山，见到了西王母。羿把自己射日惹怒天帝，和妻子一同被贬凡间的事告诉了西王母，希望她可以赏赐长生不老药给自己。西王母听说了羿的故事，十分钦佩他的胆识，同时也被他对爱的执着感动了，便答应把灵药给他。但是，灵药只有一颗。西王母对羿说：“灵药仅此一颗，你可要好好保管。这颗不老药是用不死树结的不死果炼成的。不死树三千年开一次花，三千年结一次果，炼出灵药又需要三千年。现在只有这一颗，你们两人各吃一半，便可以长生不老；但如果一人独食，那个人便会独自升到月宫。”

羿点点头，辞别了西王母，兴高采烈地回家了。

“嫦娥，我拿到不老药了。”还没踏进家门，羿便兴冲冲地喊道。

“真的吗？太好了，那我们以后就可以长相厮守，永不分开了。”嫦娥欣喜地跑出来迎接羿。

羿把灵药交给嫦娥保管，并约好在八月十五的月圆之夜一起吃下。

接下来的日子里，羿开始了忙碌的生活。他每天都帮助老百姓除害，早出晚归，不知不觉间冷落了嫦娥。嫦娥时常坐在窗边，遥望天空，回想着从前在天宫无忧无虑、逍遥快活的日子。那时候，丈夫时常陪伴在自己的左右，即使他出去打猎了，她也可以跟其他仙女一起嬉戏。可是如今，只剩下自己终日长吁短叹（因伤感、烦闷、痛苦等不住地唉声叹气。吁，xū，叹气）。想到这里，嫦娥不由得叹了口气，自言自语地说：“难道他的心中就只有那些百姓吗？我在他心中究竟算什么呢？难道如花似玉的我要每天顾影自怜（望着自己的影子，自己怜惜自己，形容孤独失意的样子。也指自我欣赏）、满腹委屈地过日子吗？如果是这样，就算能长生不老又怎样呢？他还不是整日忙着去帮助那些老百姓，根本不看我一眼。”

嫦娥越想越生气，不由得流下了委屈的泪水。

“既然如此，不如离开算了！”嫦娥冲进屋里，拿出灵药一

口吞进了肚子。

“羿，我一定会让你后悔的。”嫦娥暗暗发誓道。不一会儿，嫦娥觉得自己正徐徐升空，顿时惊慌失措，不停地呼唤着丈夫的名字：“羿！羿！”这时，羿刚好打猎回来，见到妻子正徐徐向远处飞去，马上丢下弓箭，急奔出家门，追赶嫦娥。

“嫦娥，不要离开我！不要啊！”

可是为时已晚，嫦娥衣袂（mèi，袖子）飘飘，越飞越高，越飞越远。羿颓然坐在地上，暗自伤神，喃喃地说：“嫦娥，你为什么这么狠心？为什么要弃我而去？”嫦娥望着独自垂泪的羿，伤心不已，却无能为力。

嫦娥还在不由自主地上升，远去，直至化为一个小点，消失在月亮的光辉里。等她终于站稳脚时，她发现自己来到了月亮之上，成了月宫仙子。这里空无一人，十分寒冷。从此以后，陪伴她的只能是无边的孤独和寂寞。

嫦娥非常后悔，她觉得是自己的任性和冲动害了自己，也害了羿。她在月宫中看着日渐衰老的羿，泪流满面。

成长启示

“嫦娥应悔偷灵药，碧海青天夜夜心。”嫦娥的任性和冲动带来的是永远的孤寂与冷清。这个故事告诉我们，做什么事情都要三思而后行，冲动与任性往往带来后悔。如果嫦娥当时可以理解羿帮助百姓的行为，也许悲剧就不会发生。生活中，当与他人的意见出现分歧时，我们要多与他人沟通，站在对方的立场上想问题。理解与包容，是与人友好相处的必备因素。

要点思考

1. 明明可以一同长生不老，嫦娥却选择独自吞下灵药。她为什么这么做?

2. 假设你是羿和嫦娥的邻居，了解到嫦娥的烦忧之后，决心帮她走出悲伤，你会对她说些什么?

写作积累

● 争先恐后　老态龙钟　一筹莫展　坚韧不拔　长相厮守
无忧无虑　长吁短叹　自言自语　如花似玉　顾影自怜
惊慌失措　无能为力　不由自主

● 嫦娥还在不由自主地上升，远去，直至化为一个小点，消失在月亮的光辉里。等她终于站稳脚时，她发现自己来到了月亮之上，成了月宫仙子。这里空无一人，十分寒冷。从此以后，陪伴她的只能是无边的孤独和寂寞。

羿与洛神

导读

孤单的羿漫无目的地散着步，忽然听见洛水上传来优美动听的歌声，便循声望去。在洛水之滨，他看到了歌声的主人，那是一个美貌的白衣女子，神色中带有哀伤。她是谁？是怎样的遭遇令她陷入忧郁的心情之中？

自从嫦娥偷吃不老药，飞到月宫后，羿就一个人孤零零地留在人间。孤单的羿经常一个人四处漫步。有一天，他无意中来到洛水之滨，突然水面上飘来一阵缥缈的歌声，哀婉缠绵，催人泪下。羿顺着歌声飘来的方向望去，只见水边的卵石上坐着一位年轻的白衣女子，乌黑的长发垂至腰际。她低声吟唱着，被包裹在忧郁与哀伤的气氛中，宛如一朵清婉的莲花，不可亵渎（xièdú，轻慢；不尊敬）。羿呆呆地看着，不知不觉地走近了她。

白衣女子听到了脚步声，惊异地抬头，看见了一个英俊的陌生男子，美丽的双眸（móu）闪烁着惊慌。

“你别害怕，我没有恶意。我是被你的歌声吸引过来的。”羿急忙说。见白衣女子不语，羿又说：“你的歌声很美，只是听起来充满了哀伤，你是不是遇到了什么困难？”

这下，白衣女子才缓缓地开口：

“我本是伏羲的女儿，不慎淹死在洛水，成了洛神。先时，我去黄河边游玩，歌声被河伯听到了，他便强迫我做他的妻子。我与他本来就没有任何感情，但是当时我只能屈从命运的安排，期望他能一心一意地待我。可是河伯终日流连在山精水怪之间，很多时候都把我晾在一旁。我很想离开他，但单单靠我一个人的力量，又很难逃出他的手掌心。”

白衣女子哀怨地述说了自己的生活。

羿听了之后，对洛神的遭遇感到同情，因河伯的残忍怒火中烧。

“真是太过分了！洛神，你放心吧，我一定会帮你，让河伯离你远远的。”羿愤愤不平地说。

“千万不要啊，河伯神通广大，你一个凡人，怎会是他的对手呢？”洛神担忧地说。

羿这下才想起忘了介绍自己，于是说：“我不是普通人，我本是天上的神射手，我叫羿。”

“你就是神射手羿？”洛神有些惊讶，眼中闪烁着激动的光芒，“我早已听说过你的英雄事迹了，想不到居然能在这里遇到你。”

说完，洛神不由得低下了头。羿此时也被洛神那超凡脱俗的美丽所吸引，他暗中发誓一定要保护她，让她不再受到河伯的伤害。

回到家后，洛神美丽的倩影和哀伤的神情在羿的脑海里挥之不去。于是，第二天，他又来到了洛水边。果然，洛神依旧在水边歌唱。

第三天、第四天、第五天……许多天里，他们在这里相会，谈天说地。慢慢地，洛神的神情不再哀伤，偶尔还会露出一丝笑意。羿偶尔会向她问起河伯的情况，但洛神每次都闪烁其词（形容说话吞吞吐吐），渐渐地，羿也就不再提起河伯了。

有一天，羿像往常一样来到洛水边等候洛神，久候不至。接连几天，他都失望而归，但他依旧每天站在洛水边等着洛神。

这一天，忽然有一个男子匆匆地赶来，对他说："不好了，神射手，黄河发大水了，一条白龙在水中兴风作浪，许多人被淹死了，您快去救救他们吧！"

羿匆匆忙忙赶到黄河边上，只见黄河两岸，大量的良田房屋被河水吞噬（这里指吞没。噬，shì），人畜死伤无数。一条巨大的白龙正张牙舞爪地在水中翻腾，河水随着它的翻腾不断涌到岸上。羿认出那条白龙就是河伯。

"河伯，快住手，我不会让你危害百姓的。"羿向河伯大声喊道。

"羿，我终于等到你了，你竟敢勾引我妻子，今天就让你见识见识我河伯的厉害！"河伯恶狠狠地说道。他更起劲地摇起头摆起尾来，许多爬到树上的人都被洪水冲走了。

羿也不甘示弱，对河伯喊道："你强逼洛神为妻，今天我就替她好好教训你。"说完，他搭上箭，拉满弓，箭嗖地射了出去，正中河伯的左眼。

伴着一声惨叫，河伯捂着血淋淋的左眼冲上了天，洪水也随之消退了。

“天帝呀，您要为我做主啊！羿他勾引……勾引我的妻子洛神，我去找他理论，他竟然射瞎了我的眼睛。”河伯哭哭啼啼地向天帝说。

“河伯，你做过什么我知道得一清二楚。洛神早就被你抛弃，她不是你的妻子了，你干吗还要囚禁她？羿为人忠厚耿直，要不是你引发洪水，导致死伤惨重，他怎么会射伤你呢？”天帝不紧不慢地说。

河伯一听，明白天帝知道了他的种种恶行，便灰溜溜地回到了水府。

洛神从此获得了自由，她在洛水边与羿相逢了。

羿喜欢外出打猎，于是，洛神就离开洛水随羿去山林中居住，他们在那里度过了一段幸福的时光。时间久了，羿发现洛神原本光滑白皙（白净。皙，xī）的皮肤出现了许多皱纹，乌黑的秀发也不像从前那样有光泽了，她美丽的容颜在一天天地衰老下去。

羿明白了：“她是水神，必须在水边生活。离开了水的滋润，她就会日渐失去美貌与活力，而且到最后恐怕还会失去生命，我不能这样自私地把她留在身边。”

于是，羿狠下心来对洛神说：“我们很难生活在一起，你还是回到洛水去吧。”

聪明的洛神明白羿的意思，她早已料到有这一天，只是离别来临的时候仍是那样痛心。“唉，看来我命中注定要与孤独为伴。”她在心里想着。离别之际，她恋恋不舍地对羿说：

“答应我，你会好好照顾自己，保重身体，这样我也能少些牵挂。”说完，她就伤心地回到了水府。

成长启示

河伯强抢洛神为妻，作恶多端，被羿射伤眼睛后，还恶人先告状，结果在早已知道他种种恶行的天帝那里碰了一鼻子灰。老话说得好：“若要人不知，除非己莫为。”“世上没有不透风的墙。”这就告诉我们，不该做的事，一定不要去做；犯了错误，千万不要存有侥幸心理而刻意隐瞒，更不要妄想蒙混过关，甚至嫁祸他人。

要点思考

1. 河伯做了哪些恶事，使羿怒火中烧，要用箭射他？
2. 从这个故事中可以看出羿有哪些性格特点？

写作积累

● 催人泪下　一心一意　怒火中烧　愤愤不平　闪烁其词
张牙舞爪　不甘示弱　不紧不慢　恋恋不舍

● 她低声吟唱着，被包裹在忧郁与哀伤的气氛中，宛如一朵清婉的莲花，不可亵渎。

羿的终结

导读

神射手羿为万民创造了福祉，度过了辉煌的一生，令人敬佩不已。可是，他同时也是一个充满悲剧色彩的人物：爱情失意，他只能终日沉浸在对爱人的思念中；好不容易遇到了一个合心意的徒弟，不曾想竟遭背叛，最终死在徒弟的手下。

洛神离开后，羿十分伤心，终日无所事事地坐在山林中，仰望天空，回忆昔日的美好时光。由于射杀太阳和打败河伯，他声名远播，有不少人想跟他学艺。可是羿要求很高，来拜师的人当中没有一个合他心意，所以他们都被羿一一拒绝了。有一天，一个年轻健壮的猎人走了过来，恭敬地朝羿行了个礼，然后说："我叫逄（páng）蒙，想拜神射手为师学艺。"

羿没有抬头看他，只是随手抓起几片树叶嗖嗖地向他抛去。逄蒙后退几步，看着树叶不停地眨眼睛。

"看着几片树叶就不停地眨眼，还想跟我学射箭？你远远不够资格。”羿冷冷地说。

逢蒙失望地回到家，一言不发，呆呆地盯着窗外被风吹得哗哗作响的树叶出神。妻子正在织布，织布机发出的声音吵得他心烦，他烦躁地看了一眼织布机。织布机的脚踏子飞快地动着，盯着它，就不停地想眨眼。逢蒙灵机一动，躺到织布机下，眼睛紧紧地盯着脚踏子。

几天后，逢蒙兴冲冲地找到羿，想告诉羿现在即使有针向他飞过来，他也不眨一下眼睛。逢蒙刚进门，羿就迎面扔过来一个东西。他先是一愣，回过神后赶紧侧身闪避。

“刚才我扔出去的是什么？”羿又冷冰冰地问道。

“是……是一个桃核。”逢蒙其实并不确定，只能凭着猜测结结巴巴地回答。

“不对，是一块磨盘。眼力这么差还想跟我学射箭？”羿严厉地说。

逢蒙闷闷不乐地回到家，呆呆地望着屋顶出神。他忽然觉得身上有些痒，下意识地伸手去挠，一个肉乎乎的小东西被手指头触到了。逢蒙捏出来一看，是一只虱子。

逢蒙刚想掐死虱子，却又停住了。他跑到牛棚，拽下一根牛尾巴毛，把虱子拴上挂在窗户，自己站在稍远处两眼盯着虱子看。

半个月过去了，逢蒙又来找羿，想告诉他自己能把一粒沙子看得有盘子大。他刚进门，就听羿命令道：“去，把天上飞的那只麻雀射下来。”

逢蒙拉弓搭箭，嗖的一声，一支箭射了出去，一只麻雀应声落地。

羿满意地点点头，笑着对逢蒙说："逢蒙，你很聪明，也很能吃苦。我决定收你为徒，以后你就跟我一起去打猎吧。"

羿经常带着逢蒙出去射妖除怪。好多次，羿在逢蒙的帮助下杀死怪兽，化险为夷。渐渐地，人们都知道了羿有个箭术高超的徒弟叫逢蒙。

每逢八月十五，人们庆祝团圆的时候，羿都会思念起嫦娥来，不知道她一个人在清寒的月宫中过得如何，有好多次都伤心得不能抑制，黯然落泪。而逢蒙没有意识到这一点。有一年八月十五的晚上，逢蒙兴冲冲地提着一坛酒来到羿的家里找他喝酒。羿此时正情绪低落，也想借酒浇愁。于是，他们师徒二人一连喝了十几杯酒。逢蒙喝到兴头上，醉醺(xūn)醺地说："师父，不如我们来比箭吧。"

岂料，羿听了，扶着椅子摇摇晃晃地站了起来，指着逢蒙破口大骂："你是什么东西，就凭你一个凡夫俗子也想跟我比试？我堂堂神射手，我……我射了……九日，呜……我回不了天宫……嫦娥，你为什么扔下我一个人？我……我不是神射手，我……我不射箭了……滚！滚！"

逢蒙被羿轰出了家门。他越想越生气，愤愤不平地说："要不是有我在，你不知死了几次了。羿，你等着瞧吧，今日的耻辱，他日我一定要你十倍偿还。"

有一次，百姓大摆宴席庆贺羿和逢蒙除怪归来。席间，一队大雁高鸣着飞过屋顶。逢蒙想在众人面前显威风，于是冷笑一下，走出屋外。

"嗖嗖嗖！"三箭接连射出。

"啪啪啪！"三只大雁接连落下。

"好！好箭法！"众人齐声喝彩。

羿也笑着走出屋。

"嗖嗖嗖！"弓被拉开了三次。早已惊慌失措的大雁又"啪啪啪！"地落下了三只。

"神箭手！神箭手！"众人跑出屋，围着羿齐声呐喊。

被晾在一边的逢蒙气得咬牙切齿，他觉得自己和羿旗鼓相当，但万万没想到风光全被羿抢去了。他冷笑着，一条毒计酝（yùn）酿了出来。

一天晚上，羿站在院中仰望着明月出神。突然，一阵风嗖地直逼后脑，羿不假思索，搭箭拉弓回头放出。

"铮——"两支箭箭镞（zú）相撞，跌落在地。

月光下，逢蒙青着脸又放出一箭，羿迎着又是一箭。两箭相撞跌落在地。又一箭，又一箭……逢蒙一连射出九箭，又射出了第十箭。而此时，羿一摸箭袋，空了。

逢蒙的箭朝着羿的口中射去，羿立马仰面倒地。逢蒙眼见奸计得逞，心中暗喜。

"师父，有人说我的技艺比你高超……"逢蒙阴阳怪气（性格、言行等乖僻，跟一般的不同）地边说边走近羿。

正在他没有防备的时候，羿突然站了起来，从嘴中抽出箭，搭箭拉弓，直射逢蒙的脑门。

逢蒙万万没有想到羿还有这一招，吓得抱头鼠窜。他转过九株大树，还听见箭在脑后呼呼作响。

"师父，师父，快收箭，我没有害你之意。有人说我的箭术比你高超，我不相信，就找你比试一下。"逢蒙惊慌之余还为自己的歹念辩解。

"当!"脑后的箭落地了。

"逢蒙，这是'啮(niè)镞法'，也是我教你的最后一招绝技。记住，它的诀窍在于出其不意，你要好好练习才行。"羿向惊慌失措的逢蒙喊道，全然没有发现逢蒙的险恶用心。

逢蒙擦着满头冷汗，唯唯称是，但心里很不服气。这一次没有除掉羿，他心生不忿，脑海里很快又生出了另一条毒计。

这天，逢蒙又随同羿外出打猎。羿拉弓射落了一只大雁，然后跑过去弯下腰捡。逢蒙见机会来了，便不声不响地拾起一根木棍朝羿走去。羿刚直起腰，一根木棍狠狠地砸在了他的头上。他觉得头昏眼花，回头看见逢蒙正手执木棍，冷笑着看他。羿试图抽箭拉弓，眼中流露出愤恨的光芒。但他此刻已经没有力气举起手了，只勉强吐出一个字："你……"便颓然倒下。

"师父，只要有你在，我永远成不了最出色的射手，只有除掉你，我才有出头的机会。出其不意，这是你教我的。哈哈哈哈……"逢蒙狂妄的脸和放肆的笑声渐渐消失了。羿慢慢闭上了眼睛，他万万不会想到自己英雄一世，竟会命丧徒弟之手。

成长启示

羿的徒弟逄蒙妒忌羿比自己箭术高明，认为有他在，自己永远没有出头的机会，因此一心想除掉师父。而善良的羿竟全然没有发现逄蒙的险恶用心，最终死于逄蒙之手。这正应了那句老话："害人之心不可有，防人之心不可无。"在与人交往的时候，我们除了付出真心，还要懂得自我保护，要慎重地做出理智的选择。当难以确定对方为人时，保持一定的距离是很有必要的。

要点思考

1. 羿考了逄蒙三次，从这三次考验中可以看出，怎样才能练好箭术？

2. 逄蒙为什么要杀害传授给自己高明箭术的羿？

写作积累

- 闷闷不乐　破口大骂　咬牙切齿　旗鼓相当　不假思索　阴阳怪气　抱头鼠窜　出其不意

丹朱化鸟

导读

丹朱是尧的大儿子，尧曾对他寄予厚望。然而，他品行不端，耽于玩乐，对民间疾苦漠不关心，还常给他人惹来麻烦。这样一个人若成为首领，只怕会打破人们安定的生活。因此，尧做出了一个重要的决定。丹朱对尧的决定感到不服，暗中等待反叛的时机……

尧有十个儿子，丹朱是其中年龄最大的，也是最不成器的。他好逸恶劳（贪图安逸，厌恶劳动），容易骄傲自满，脾气也很坏，常常带随从到各地去游玩，稍稍有不如意的地方，就大发脾气，暴打随从。

那时候，洪水泛滥（江河湖泊的水溢出，四处流淌。也可用来比喻坏的事物不受限制地流行。滥，làn），丹朱非但对饱受水患的人民不闻不问（既不听也不问，形容漠不关心），还常常乘船出游，乐此不疲（形容对某事特别爱好而沉浸其中）。有时候，到了水浅的地方不能通行，他便叫人推着船走。推船的人累得气喘吁吁，而丹朱在船上吃着，喝着，玩着，乐得哈哈大笑，全然不顾推船人的死活。然而，宫里人倒希望他能常出去闲逛游玩，因为他待在宫里就只会为所欲为，什么坏事都干得出来。

丹朱这样的性子很难取得他人信任与尊敬，就连他的弟弟们都无法认同他的为人，不服他的管教。他们兄弟间时常发生争吵。

尧看丹朱性情这般恶劣，心中非常焦急。他左思右想，终于想了个法子。

尧创造了一种游戏——围棋，这是一项考验智慧、需要耐心的游戏，他希望丹朱能沉下心来边玩边学，逐渐改善性情。丹朱起初觉得新鲜，便专心致志（一心一意；集中精神）地研究了一段时间。但很快，他就厌倦了围棋，觉得没有意思了。他的注意力很快就转移到创制另外一种棋上了。

丹朱选择了一片平坦开阔的地，叫人按着围棋的方形格状棋盘栽树，然后以一排排树为线，以犀（xī）牛和大象为棋子，他自己和他的朋友就各据一方，指挥着动物进退。他觉得这个比围棋更有意思，可同样的，玩了一段时间就厌倦了。之后他又开始到处惹是生非。

尧见丹朱屡教不改，终于确定丹朱实在没有能力担负治国重任，于是决定把部落首领的位置禅（shàn）让给有才德之人。为了防止丹朱聚集他那帮狐朋狗友（指品行不端、不务正业的朋友）来反抗，尧下令将南方丹水一带的领地分给丹朱，让他到那里去做诸侯，由后稷辅佐和监督。

那时住在中原的一个叫作三苗的部族和丹朱的关系非常好，对于尧把天下之位禅让给他人一事非常不满。这个部族向丹朱自告奋勇，要为他打抱不平，帮他夺回天下之位，于是率先站出来通过武力反对尧的决定。然而，三苗的兵力有限，尧很快就平定了他们的叛乱。在尧的一声令下，三苗部族跟着丹朱迁徙到南方去了。

定居南方之后，丹朱和三苗的势力逐渐强大起来，丹朱渐渐觉得，自己可以筹备军力，伺机（暗中观望动静，等待时机。伺，sì）反叛。他开始扩大招兵买马的力度，短时间内，他的军队壮大了许多。同时，他再次与三苗结成同盟，精心筹备作战计划，誓要推翻尧的统治。

可是，丹朱的军队还没出发，阴谋就已经败露了。尧听说了儿子的计划，痛心疾首（形容痛恨到极点。疾首，头痛）。他实在不忍心对自己的儿子赶尽杀绝，可一想到丹朱一而再再而三地挑起祸端，丝毫没有考虑百姓的疾苦，便觉得放过他等于留着个祸害，迟早会危害到人们的安定生活。尧下定决心，一定要好好惩治丹朱。

尧不慌不忙，亲自带兵到南方去平定乱事。

丹朱的军队还没有准备停当，忽然听说尧的大军已经来到了跟前，只得匆忙迎战。

父子俩领着各自的军队，在丹水之上展开了一场大战。

丹水出产一种鱼，名叫丹鱼，这种鱼每到夏至前十天，便从水底游到岸边来，鳞（lín）片红光闪闪，在夜间望去，就像火焰一样。它们的血有奇效，涂在脚上，就可以让人涉水如履（lǚ，踩，走）平地。丹朱率领的水军中，人人都有这种本领，因此在战争的初始阶段，尧在水上不是儿子的对手，接连吃了败仗，折损了不少兵将。

而另一方面，三苗统率的陆军，除了勇猛强悍，没有什么特殊技能，尧的军队在陆地上对付他们显得游刃有余（形容做事熟练，轻而易举。刃，rèn，刀剪等的锋利部分，这里借指刀）。

最终，尧靠着智谋和当地人民的帮助，首先击溃了三苗的陆军。这样一来，三苗的陆军就不能和丹朱的水军配合作战，尧集中兵力对付丹朱，彻底打败了他的水军。

这场声势浩大的战争，以尧的胜利宣告结束。

战败的丹朱带着几个随从落荒而逃，一直逃到了南海。茫茫大海在前，奋勇追兵在后，丹朱进退两难，顿时觉得无颜活在世间，于是跳海自杀了。他死后变成了一只鸟，外形像猫头鹰，一双爪子很像人的手。人们给这只鸟取名叫“朱”。

丹朱的子孙聚居在南海附近，逐步建立起一个国家，名叫罐朱国。这里的人长得非同一般，脸上长了一张鸟嘴，背上长了一双翅膀。他们像鸟儿一样用嘴捕鱼，却不能像鸟儿一样翱翔。那双翅膀只能当作拐杖来扶着走路。

罐朱国附近有一个三苗国，那是由三苗部落的后人建立起来的。三苗国的人也都生有翅膀，翅膀长在腋下，很小，不能用来飞行。

成长启示

要成为一个合格的团队领袖，除了要有过人本领，还得具备美好的品德。丹朱贪图玩乐，缺乏恒心，只为了自己能逍遥自在，而置他人的痛苦于不顾，这样一个人要办好一件公务恐怕都有困难，更不用说要取得众人的信任了。领袖的责任比团队里的任何人大得多，要想成为一个好的领袖，就得以身作则，有把整支队伍扛在肩上的决心、勇气和能力。

要点思考

1. 为什么尧不愿意把自己的王位传给儿子丹朱，而要禅让给他人?

2. 丹朱的水军为什么可以涉水如履平地?

写作积累

● 好逸恶劳　不闻不问　乐此不疲　气喘吁吁　为所欲为
专心致志　惹是生非　屡教不改　狐朋狗友　自告奋勇
打抱不平　痛心疾首　赶尽杀绝　如履平地　游刃有余
声势浩大　落荒而逃

● 丹水出产一种鱼，名叫丹鱼，这种鱼每到夏至前十天，便从水底游到岸边来，鳞片红光闪闪，在夜间望去，就像火焰一样。

舜的故事

导读

尧对儿子丹朱失望至极，决心选出有才德的人来继承自己的首领之位。四个部落的首领商量过后，推举了舜。尧也曾听闻舜的事迹，对他赞赏有加，于是将他列为人选之一，要对他进行一段时间的观察。舜是一个什么样的人呢？他身上又有哪些传奇故事呢？

读了尧的这番自白，你得到了哪些启示？

尧决定选一位有才德的人来继承自己的首领之位后，把天下各个部族的首领都召集到一起，对他们说："各位，我年纪大了，是时候考虑传位的事了。惭愧（因为自己有缺点、做错了事或未能尽到责任而感到不安。惭，cán）的是，我教子无方，丹朱顽劣，实在不能承担重任。所以，我想把权力交给有才德的人，这样一来，百姓才会受益，在座的各个部落才能齐心协力。你们看，谁有资格坐上我这个位置呢?”

这时有个叫兜的部落首领说:“共工做过不少事情，有点儿成绩，我看是不是可以让他来做天下的首领呢?”

尧听了，直摇头:“不行，不行!共工确实有功劳，也能说会道，可他用心不良，表面上恭恭敬敬，实际上连上天都敢欺骗，这种人用不得。”

有四个部族的首领商量了一下，然后派出一位代表向尧说:“听说有个名叫舜的年轻人，品行很不错。他在历山耕地，历山的农人受了他德行的感化，都争着把自己的田地让给有需要的人；他到雷泽打鱼，雷泽的渔夫也受了他的影响，人人互相谦让，和睦相处。”

品行良好的人往往受人尊重，是人们纷纷效仿的对象。这说明具备优秀品德的人在社会上能够起到榜样作用。

另一位首领补充道:“我们还听说，他到河滨去做陶器，手艺非常好，而那河滨陶工做的陶器比从前的更美观、更耐用了。”

又一位首领上前说:“舜很招人喜爱，大家都喜欢挨着他住。他住的地方，即使原先是片荒地，也会慢慢聚集很多人，一年过去就会成为小小的村庄，人人都过得幸福快乐。”

尧听了之后，仔细回忆了片刻，说:“我也听说过这个人。我记得，他在自己家里过有这样一个关心爱护自己的家人，瞽叟等人却不懂珍惜，还一直虐待他，真是太愚蠢可恶了！

得并不快乐，所以独自搬出去住了。”

那四位首领的第四人说：“是的，首领，舜确实过得很苦，从小就受尽了虐待。他母亲早逝，而父亲瞽（gǔ）叟是个瞎子，脑筋糊涂，只宠爱后娶的妻子及其儿女，偏偏那后母和弟弟心胸狭窄，脾气暴躁，一直把舜当作眼中钉。可贵的是，舜从不计较，一直小心翼翼地孝敬着父亲和后母，照顾弟妹。”

听完那四位首领的话，尧仿佛看到了曙光（清晨的日光，比喻已经在望的美好的前景。曙，shǔ），他考虑了一会儿，便对大家说：“舜确实是一位有力的人选，我们就好好观察他一阵子吧。”

经过一段时间的观察，尧觉得舜十分可靠，便把两个女儿娥皇和女英嫁给他做妻子，又叫九个儿子与舜在一块儿生活，好好看看他身上有没有真才实干。此外，他派人给舜修了几间谷仓，送去一群牛羊，还赏赐了多件美丽的衣裳和一把精致的琴给舜。做了尧的女婿，舜一下子就显贵起来了。

舜没有忘记自己的家族，他带着两个妻子回到瞎子老汉家去看望父母和弟妹，还送给他们许多精美的礼物。他待自己的家人还像从前一般孝顺友爱，他的两个妻子也毫无架子，操持家务、侍奉公婆、关怀弟妹，事事都办得周到体贴。可是，瞎子老汉一家仍旧记挂旧恨，见素来讨厌的舜在一夜之间成了贵人，又嫉妒又生气，万分难受。尤其是那父亲、后母和弟弟，他们暗自琢磨了好几个害人的计谋，誓要把舜置于死地，好继承他的财产。

舜和他的妻子与瞽叟等人形成了强烈的对比，令人更加同情舜的处境。

有一天，舜的弟弟象来到了舜家，对他说："哥哥，父亲叫你明天去帮他修谷仓，谷仓顶上破了个洞。"舜爽快地答应了，没有丝毫怀疑。第二天中午，阳光炙热，舜沿着梯子爬上了仓顶，专心致志地修补那个破洞。瞽叟在底下假装殷勤（热情而周到。殷，yīn）地扶着梯子，心里早就乐坏了。象、瞽叟和瞽叟的后妻，趁舜不注意，偷偷搬走了梯子，又寻来柴禾与火把，残忍地在谷仓放火。火势凶猛，火焰很快就蹿到了仓顶，舜急得跳脚。无论他怎么呼救，他的亲人都没有伸出援手。他无路可逃，只好张开双臂，从高高的仓顶纵身跃下。奇迹发生了，舜在红色的火光中变成了一只大鸟，鸣叫着飞向天空，逃出了险境。坏人们在下面看着，惊得目瞪口呆。

瞽叟等人见一计不成，又生一计。为了再次取得舜的信任，瞽叟亲自到舜的家里，诚恳地向他道歉和请求原谅。舜没有记恨任舜一次又一次地原谅瞽叟等人，而瞽叟等人一次又一次地谋害舜，这让人不由得想：面对不知悔改的人，应该一直采取宽容的态度吗？

何人，接受了父亲的道歉，还答应第二天去帮父亲淘井。事实上，瞽叟和象合谋，要把舜活埋在井里。第二天，舜刚一下到深井，吊着他的绳子就被割断了，石头、泥块乒乒乓乓地落下，很快就填满了那口井。过了许久，井里没有传来舜的声音，他也没有爬上来，象和瞽叟高兴得哈哈大笑。

然而，任何人都没有想到，奇迹再次发生了。舜变成了一条银光闪闪的游龙，钻进地下的黄泉，从另一口井里钻了出来。

象、瞽叟和瞽叟的后妻不知道舜已经逃脱，高高兴兴地闯进了舜的家，向娥皇和女英宣告了这个消息。娥皇和女英悲痛欲绝，

止不住哭泣，瞽叟等人却想着如何分配舜的财产。象坐到了舜的琴前，说："我要的不多，牛羊、田地、房屋都给父亲母亲，我就要这把琴、那把弓，还有两个嫂嫂。"象得意地弹起了琴，脸上露出了奸诈的笑容。这时，舜推门进来了，象见他哥哥安然无恙（泛指平平安安，没有受到任何损伤），吓得魂不附体，羞

得面红耳赤，急忙逃出了舜的屋子。

天性笃（dǔ）厚的舜，还像从前一样侍奉父母，爱护弟妹，仿佛他们之间根本没有发生过任何事。而一直旁观父母和二哥象谋害大哥舜的小妹，经过这两件事，有了很深的感触，竟为自己多年来的冷漠感到愧疚，痛改前非（彻底改正以前所犯的错误），从此与哥哥嫂嫂真诚相处。

尧一直留意着舜的生活，以了解他为人处世的方式，同时给他设置了多方面的考验，以检测他的各项能力。总体来说，尧对舜十分满意，最终将部落联盟首领之位禅让给舜。各个部落在舜的统领之下，人心安定，各行各业都得到了良好的发展。

成长启示

仁爱的人往往更招人喜爱，更易于取得他人的信任，有时还会成为他人争相学习的榜样。一直以来，舜都友善对待每一个人，即使家人一次又一次地害他，他也以德报怨，还像从前那样孝顺父母、爱护弟妹。他的德行感化了许多人，社会也因为有越来越多仁爱的人而更加和谐美好。

要点思考

1. 在瞽叟等人制造的事故中，舜是怎么逃出险境的？

2. 假如你生活在舜的时代，对瞽叟等人一而再再而三地谋害舜感到痛心，你怎样劝他们改过自新？

舜二妃

导读

南方有一种竹子，名叫湘妃竹，得名于舜的两位夫人——娥皇和女英。许多年里，她们与舜同甘共苦，携手做了许多有利于百姓的事情。如果没有她们陪伴在身边，舜的成就或许就不如今天人们所颂扬的那般辉煌。那么，在这两位奇女子身上会有什么动人的故事呢？

上古部落联盟首领尧有两个女儿，娥皇和女英。她们从小就深得尧的喜爱，常常跟尧一起出巡。

尧觉得舜是个可靠的人，就决定将两个女儿都嫁给舜。只是有一个问题，让尧十分苦恼：究竟该由谁来做舜的正房夫人？

尧苦思多日都没有结果，只好给两个女儿出一道选择题，之后的事便听天由命了。送两个女儿出嫁的时候，尧对她们说：“眼下有两种交通工具，你们各选一种，谁先到舜那儿，谁就是舜的正房夫人。”尧为女儿们准备了一匹马和一辆骡子拉的车。娥皇是个朴实的姑娘，立刻骑上马奔驰在大路上。女英讲究排场，选择坐骡子拉的车。为了提高速度，她抄小路往前跑去。

当时正是炎热的夏天，牲口跑着跑着就渴得不行，都要停下饮水。姐妹二人便停在一溪水旁，稍作休息。不料，给女英拉车的母骡子突然要生孩子，女英不得不留在原地等着。她很生气，大骂道："可恶的骡子，偏要在这时候下驹（jū），真是误我大事！以后别下驹了！"从此以后，骡子不再下驹。

本以为娥皇会趁这机会快马加鞭地前进，可她见妹妹急成这模样，不忍马上离去，便在那儿等了一会儿。等了许久，女英都没能开始赶路，娥皇便喊妹妹上马，一起奔向目的地。

舜与娥皇、女英成亲后，对她们百般疼爱，没有偏正之分。姐妹二人很是贤惠，也不再争当正房夫人，齐心协力地打理家中大小事务，帮助舜渡过各个难关。舜能化鸟逃离火海和化龙逃出深井，就是因为得到了两位夫人的帮助。

听说瞽叟让舜去修谷仓的时候，娥皇和女英心里都十分不安，于是从嫁妆里拿出了一件有鸟形花纹的衣服，让舜穿着去，期望这件衣服能保他平安。她们也没想到，这件衣服竟有神力，让舜变成了飞鸟。后来，她们对瞽叟等人存有疑心，听说瞽叟让舜去淘井，便又拿出了一件有龙形彩纹的衣服，就是这件衣服让舜变成了银光闪闪的游龙。

娥皇和女英不但把自己的家庭照顾得很好，还协助舜治理天下，做了许多有利于人民的事情，深得百姓的爱戴。

舜在晚年的时候，常到南方各地巡视，体察（体验和观察）民间疾苦，结果不幸死在苍梧之野。他是在湖南九嶷（yí）山斩杀九条恶龙之后，失血过多而死的。

一开始，娥皇和女英并不知道舜的死讯，只是他这一去杳无音信（一点儿消息也没有，形容失去联系或没有方式联系。杳，yǎo，远得看不见踪影），她们担心极了。

“难道他病倒在异乡，无人照管？”娥皇说。

“难道他途中遇到了危险，或者迷失了方向？”女英说。

她们思前想后，实在不愿整日待在家里担惊受怕，于是踏上了寻找舜的路程。她们翻过一座座山，蹚过一条条河，来到了九嶷山，开始搜寻每一个村庄、每一条小路。

这一天，她们来到一个耸立着三块大石头的地方，那里还有一座被翠竹围绕、由珍珠贝垒成的坟墓（mù）。她们觉得这个坟墓十分特别，便向路过的乡亲询问：“这是谁的坟墓，竟修得这样精致？”

那位乡亲含着眼泪告诉她们：“这是舜的坟墓，他老人家从遥远的北方来到这里，帮我们斩除了九条恶龙，让我们过上了安乐的生活。可惜啊，他受了重伤，流尽了鲜血，献出了自己的生命……”

娥皇和女英这才知道，舜早已离开了人世。

湘江边上的父老乡亲为了表达对舜的感激和尊敬，特地在九嶷山上为他修了这座坟墓。山上的一群仙鹤也被舜的精神感动，飞去南海衔来了一颗颗灿烂夺目的珍珠，撒在他的坟墓上。而那三块巨石，是舜屠龙时用的三齿耙变成的。

娥皇和女英悲痛万分，一直哭了九天九夜，眼睛哭肿了，嗓子哭哑了。到最后，泪水流尽，她们竟哭出血来。她们的血泪洒在了九嶷山的竹子上，竹子上出现了点点斑痕，有紫色

的，有纯白的，还有血红的。

舜死了，两位夫人痛不欲生，走出九嶷山后，便带着遗恨跳进了波涛滚滚的湘水。她们死后，成了湘水的神灵，被合称为“湘夫人”。那些沾染了她们血泪的竹子，被称作“湘妃竹”。

成长启示

在女英因骡子生驹而着急不已时，娥皇没有一走了之，而是让妹妹一起骑马离开。在她心中，姐妹之情比正房夫人的地位重要得多。很多人在经历了许多事情之后都会发现，这世上最珍贵的始终是人与人之间的感情。相信女英在得到姐姐的帮助后也深刻地体会到了这一点，所以她们能不分彼此，齐心协力地照顾家庭，辅助舜治理天下。

要点思考

1. 中国古代神话是怎么解释骡子不能下驹的原因的？
2. 湘妃竹的外形有什么特别之处？人们为什么将它称为湘妃竹？

写作积累

● 快马加鞭　杳无音信　思前想后　担惊受怕　痛不欲生

鲧禹治水

导读

洪水如猛兽一般入侵大地，吞噬了无数生命，冲毁了无数幸福家园。天神鲧不忍见万民生活在苦痛之中，不惜以自己的生命为代价，偷取息壤来治理洪水。然而，他的方法不能从根本上解决问题。在他死后，息壤被天庭收回，洪水以极大的威力冲破堤坝……人类的命运会变成什么样？真的没有办法将洪水制服，还给人类安定的生活吗？

尧时期，有过一次长期的大洪水，大地变成一片汪洋，五谷被淹，百姓们无处躲藏。可是，野草长得很茂盛，凶猛的鸟兽很快就繁殖（生物产生新的个体，以传代。殖，zhí）起来，步入人类的土地，残害人类。听见人间一片哀号，天神鲧（gǔn）感到十分痛心，他决定到人间去把人们从洪水中拯救出来。然而，当他降临人间，与滔天的洪水面对面时，他一脸茫然。自那时起，他常常皱着眉头闷闷不乐。

不知不觉，鲧在人间治水已有九年，可始终没有找到有效治理洪水的办法。他最新想到的是在村庄周围建起阻挡洪水的堤坝，可受洪水侵害的范围那么广阔，他不知道上哪里找足够的土石来修筑堤坝。

有一天，鲧遇到了一只灵龟。灵龟见他愁眉苦脸，便问他："有什么是我可以帮助你的吗？"鲧感觉灵龟很是亲切，便把心里的烦恼告诉了他。灵龟说："天上有一种叫息壤(rǎng)的宝物，你知道吗？"鲧点点头："听说过，但不知它有怎样的神力。"灵龟接着说："把息壤往大地上一撒，它就会马上变出越来越多的息壤，积成山，堆成堤……"

鲧一听非常高兴，连忙问灵龟："你知道它藏在哪里吗？"

"怎么？你想去把它偷来？"灵龟问。

鲧想了想，说："如果天帝不愿把它给我，我也只好铤而走险（指因无路可走而采取冒险行动。铤，tǐng）了。"

鲧之所以有这样的顾虑，是因为这场洪水其实是天帝下令放出的。天帝因下方人民造出了种种恶事，愤怒不已，于是要惩罚人们。

告别灵龟之后，鲧回到了天上。他乞求天帝将息壤赐给他，可天帝没有答应。

鲧心里挂念着饱受洪水侵害的百姓，便趁守卫一时大意，偷走了息壤。一回到人间，他就将息壤往水里撒去。息壤果然迅速地增加，速度跟洪水暴涨的速度不相上下。很快，洪水就被围了起来。水被堵住了，住到洞里和树梢上的人们纷纷跑了出来，高兴得欢呼雀跃起来。

可是，安稳的日子没有维持多久。鲧偷取息壤的事，很快就被天帝知道了。天帝大发雷霆，当即派火神祝融到凡间去惩治鲧。鲧敌不过祝融，在羽山被捕杀，死时还惦记着苦难中的百姓。鲧一死，息壤便被收了回去，霎时间，洪水反扑，冲垮了堤坝，毁坏了田地和家园，淹死了许多人。大地再次变成了一片汪洋，人们希望落空，又回到了寒冷和饥饿之中。他们既哀怜天神鲧的牺牲，也悲叹自己的不幸。

鲧的遗憾大且深，他拯救万民的志向还没有实现，人们还浸在滚滚水浪之中，息壤却被收回天庭。他的精魂因他的执念久久不散，竟让他的尸体三年不腐（fǔ）烂。不仅如此，他的体内还孕育了一个生命，那就是他的儿子——禹。鲧用自己的精血和心魂滋养这个小小的生命，期盼着他将来继续自己未竟（没有完成〔多指事业〕）的事业，将那凶猛的洪水赶出人间。

禹没有辜负（对不住别人的期望、好意或帮助。辜，gū）父亲的期望，长大之后，便致力于治理水患。他跟父亲一样善良勇敢，而且比父亲更聪明能干。

禹跟他父亲一样，也到天上去请求天帝把息壤赐给自己。得知禹的来历后，天帝惊讶于鲧的执着，开始反思降下洪水来惩罚人类是不是太过分。深思熟虑之后，天帝不但答应了禹的请求，还任命他到人间治理洪水，更派应龙去协助他。

辞别天帝，禹便和应龙开始治水的工作。可这一来惹恼了水神共工，因为洪水是天帝命令他降下来惩罚人类的，他还没来得及充分施展自己的神通呢，现在又要把洪水收回去了。所以他非使劲捣一捣乱不可。于是，洪水朝着极东之地滚滚而去，整个中原地带都被大水淹没，百姓在洪涛里化成了软弱无力的鱼虾（大地已被淹成一片汪洋，百姓就好比江海里的鱼虾，比喻手法突出了洪水泛滥的严重程度)。禹见共工这样野蛮，连忙聚集天下众神共商对策，协力把共工赶跑了。

除去洪水肆虐的源头之后，剩下的工作就是治理泛滥的洪水，这并不比讨伐共工容易。起初，他像父亲一样，采取了堵的办法来治水。可他发现，被息壤堵截的洪水越积越多，威力变得更大，很快就把堤坝冲破了。试了多次之后，他终于醒悟过来："光堵是不行的，该堵的要堵，该疏导的也要疏导。"要想厘清哪里需要堵，哪里需要疏导，还得先清楚地了解地形、地势，以及河道的走向和水势。所以，他亲自巡视各地河川山岗，还派人丈量大地。

各路天神都见识到了禹的决心和本领，纷纷出手相助。

有一天，他在黄河岸边观察水势，突然从河里跳出了一个怪人来。来者自称河伯，是来给禹送一幅河图的。图上画的是中原一带的大、小河道，还标明了各个河道的走向和水势的情况，以及洪水容易泛滥的地段。禹如获至宝，万分感谢河伯。

后来，禹在龙门观察地势的时候，遇到了住在龙门山洞里的伏羲。他们交谈起来，对彼此感到很是亲切。伏羲幼时吃过洪水的亏，对积极参与治水工作的禹大为敬佩，于是从怀里掏出一支玉简交给他。这件玉器形似竹片，能精确地丈量山川土地。

得到河图和玉简的禹，加快了治水的进程，很快就做好了前期准备工作。于是，他亲自拿着工具，带领成千上万的人，挖湖，筑坝，运土，填渊，开凿山路，疏通河道。经过多年的努力，人类终于制服了洪水，从此过上安定的生活。

禹因治水有功，深得舜的赞赏，在舜之后成了新一任部落联盟的首领。

成长启示

禹在多次尝试父亲的治水方法之后，终于明白不能一味沿用父亲的方法，也要依据自己的观察独立思考，最终悟出治水不能只靠堵，还要结合疏导。前人的经验固然重要，但这些经验不一定都是有益的，也不一定适用于当下的情形。我们需要通过自主的思考来对这些经验进行理智的判断。我们之所以要借鉴前人的经验，一方面是为了学习前人的过人之处，另一方面是为了吸取前人的教训。

要点思考

1. 如果鲧没有被杀，息壤没有被收回，洪水还会再次危害人间吗?

2. 鲧和禹治理洪水的方法有所不同，思考一下，禹能成功治水的原因是什么。

禹会群神

导读

为了治理洪水，禹曾召集天下群神一起商量计策。许多天神都很愿意为拯救万民贡献力量，但也有个别天神不愿配合。骄傲自大的防风氏很晚才来到集合的地方，有些怯懦的天神不敢出战迎敌。为了振奋大家的精神，团结大家的力量，禹会怎么处置这些闹别扭的天神呢？

春秋时期，吴王夫差攻打越国时，包围了越王勾践所在的会稽（kuàijī）山。战争激烈，许多山石都掉了下来，埋藏在山石底下的许多东西也因此露出地面。有人掘出了一块巨大的骨头，既不是人类的骨头，也不是野兽的骨头，仅仅一节就能装满一辆车。吴王派人去请教博学的孔子，孔子答道："那很可能是防风氏的骨头。"

距离春秋时期一千多年以前，会稽山还不叫会稽山，而叫茅山。那时，水神共工带领山精水怪掀起了滔天巨浪，奉命治理洪水的禹在茅山第一次会合了天下群神，与他们一起商量如何治理洪水和讨伐共工。受邀参加聚会的防风氏是一个骄傲自大、不愿受人约束的人，迟迟没有出现，害大家等了他很久，耽误了许多时间。禹责怪他不守约定、不受约束，便下令把他杀掉，以儆效尤（用对一个坏人或一件坏事的严肃处理来警告那些学做坏事的人。儆，jǐng）。防风氏的尸骨从此留在了会稽山上。

得到群神的帮助后，禹成功讨伐了共工，接着开始专心治理洪水。治水期间，禹曾三次到桐柏山，可每一次都无法顺利开展治水工作。原来，一个叫无支祈的水怪在那里作怪，导致那里常常刮风打雷，石头和树木都在狂风暴雨中哀号。为了对付这个妖怪，禹再次召集天下群神，想与他们共商对策。当时，有一些天神忌惮无支祈的本领，不大愿意出力，禹只好叫人把他们捆了起来锁进牢笼，其他一些胆怯的天神这才愿意拼尽全力，与大家通力合作。他们成功擒获了无支祈。

无支祈长得像猿猴，身子是青色的，脑袋是白色的，额头高，鼻梁低，牙齿雪亮，眼睛闪烁着金光。他身体健壮，力气很大，胜过九头象；脖子很长，伸出来有三十多米。但他动作灵活，身手敏捷，即使被擒获了，也还是上蹦下跳，动个不停。同时，他伶牙俐齿，头脑狡猾，无论跟他说什么，他都能糊弄过去，不肯说出实话。禹拿他没办法，便叫掌管天条天律的童律去制服他。童律办不到，禹又派出了众木之神乌木。可乌木也没能制服无支祈。最后，掌管时辰的天神庚（gēng）辰拿起一把大戟追了过去，气势汹汹。那些为无支祈奔走号叫的山精水怪一下子都被震慑住了，不敢上前。无支祈动作迅猛，却比不过庚辰，他刚想跳进水里逃跑，就被庚辰的大戟追上了。只听得铿的一声，大戟击中了无支祈，无支祈受了伤，这才肯安安静静地待着。

综合大家的意见之后，禹下令用大铁索捆住无支祈的脖子，给他的鼻孔穿上金铃，然后将他锁在淮水下游的龟山山脚下。这样一来，无支祈无法动弹，再也不能为祸人间了。至此，开凿桐柏山引淮水入海的工作终于能够顺利进行。

治理洪水是一个关系众生的艰巨任务，许多天神都很乐意前来为禹出谋划策和贡献力量。其中，功劳最大的是一个叫作伯益的天神。在治水期间，他常常带着人民到山林水泽中，把因洪水泛滥而长得过分繁茂的草木烧掉，使那些残害人类的禽兽失去藏身之地，只好逃到深山密林里，远离人类的村庄。他是天上神鸟的后代，懂得各种鸟兽的语言，也了解各种鸟兽的性情，因此把许多野禽野兽都管教得服服帖帖，让它们能够为人所用，帮助人们渡过难关。可想而知，如果没有群神的帮助和万民的齐心协力，禹要成功治水是难于登天的。

成长启示

独木难支，仅靠禹一人，是无法将万民从滔天洪水中拯救出来的。禹之所以能成功治水，最重要是因为得到了群神的帮助和万民的通力合作。正所谓“三个臭皮匠顶一个诸葛亮”，集体的智慧和本领远大于一个人的，群策群力，很有可能会事半功倍。

要点思考

1. 回忆一下，禹在治水过程中得到了哪些天神怎样的帮助？

2. 有人说："禹心太狠了，竟把不愿出力对抗无支祈的天神锁起来。"你赞成这个说法吗？为什么？

写作积累

● 以儆效尤　通力合作　伶牙俐齿　气势汹汹　出谋划策

● 有人掘出了一块巨大的骨头，既不是人类的骨头，也不是野兽的骨头，仅仅一节就能装满一辆车。

● 无支祈长得像猿猴，身子是青色的，脑袋是白色的，额头高，鼻梁低，牙齿雪亮，眼睛闪烁着金光。他身体健壮，力气很大，胜过九头象；脖子很长，伸出来有三十多米。

禹与涂山氏

导读

人们口口相传的故事里，有这样几个说法：九尾狐是撮合禹和涂山氏的媒人；黑熊害他们有了极大的分歧；禹的儿子启是从石头里生出来的。为什么会有这样一些说法呢？九尾狐、黑熊和石头跟禹这一家子有着怎样奇妙的关联呢？

在远古时候，九尾狐被人们认为是瑞兽，大家都觉得遇见九尾狐意味着将有好事降临。

禹一直专心致志地进行治水工作，直到三十岁也还没有结婚。有一天，他来到涂山视察地形，竟遇到了一只九尾白狐。那狐狸摇摆着一大把像扫帚似的毛蓬蓬的尾巴，走到了禹的面前，脸上流露出若有若无的笑意。它静静地停在禹的面前，似乎很乐意见到他。禹记起了涂山当地流传的一首民间歌谣，大意是谁见了九尾白狐就可以坐上王位，谁娶了涂山的姑娘就可以使家道兴旺。他不由得想：这九尾白狐的出现也许是预示着我将要在涂山结婚吧！

没过几天，禹就在涂山结识了一位姑娘。姑娘名叫女娇，仪容秀美，娴静文雅，禹一见她就很是喜欢，认为她会是一个好妻子。女娇从旁人那里得知禹的心意之后，开心不已，因为她也对这位人人称颂的大英雄产生了好感。两人情投意合，很快就定下了婚事。

婚后仅仅四天，禹便离开了新婚的妻子，到别的地方去治理洪水。女娇被送到了禹的都城安邑（yì）。她独自一人在那里过得并不开心，常常思念家乡。禹知道这种情形后，立刻叫人在安邑城南建了一座高台，让她在寂寞无聊的时候登上高台遥望家乡。这座高台被人们叫作望乡台。

然而，时间一长，女娇的心里又涌现出悲伤，而且越积越严重。她觉得既离开熟悉的家乡，又没有亲爱的丈夫在身边，日子实在太煎熬了。于是，每次丈夫回来看她时，她都坚持要求跟他一起去各地巡视。禹拗（niù）不过她，最终答应了。

有一次，夫妻二人来到了轘（huán）辕山。这座山山势险峻，山路七拐八绕的，打通它是一个艰巨的工程。但禹必须这么做才能疏导洪水。他对女娇说："这不是简单的活儿，也要辛苦你了。我会在山崖上挂一面鼓，饿了的时候会敲鼓，你听到鼓声后，就给我送饭来吧。”女娇答应过后便回住所去准备吃的了。

单靠凡人的躯体是难以完成开凿水路的工程的，见女娇走远了，禹就摇身一变，变成了一头高大无比的黑熊，随即开始拼尽全力地开山凿路。他又是用嘴拱，又是用四只爪子扒，忙得汗水飞洒、尘土飞扬，一个不小心竟带起了一块石头。这块石头飞得很远，不偏不倚地打在了鼓面上。禹把所有心思都放在工作上了，全然不知周围发生了什么。而在住所下厨的女娇听见鼓声之后，连忙收拾东西，步履匆匆地提着篮子向丈夫走去。她怎么都不会想到，在与丈夫分别的地方见到的不是丈夫，而是一头大黑熊。那头大黑熊正在认真努力地扒着泥，拱着土。女娇又惊又怕，不由得尖叫一声，丢下篮子转身就跑了。

听见妻子的叫喊，禹才回过神来。望着慌慌张张逃跑的女娇，他愧疚不已，急急忙忙地追了过去，想要解释清楚。照这情形，女娇多少也猜到那大黑熊就是她的丈夫，可她一时接受不了这件事，便只好先跑开去了。她既害怕又惭愧地向前跑了一段路，觉得似乎跑了挺远，便回头看看。怎料，那大黑熊紧紧地追来了！原来，禹一时着急，竟忘了变回人形。女娇心里更害怕了，逃跑的步子就更快了。他们这一追一逃，一直跑到了嵩（sōng）高山的山脚下。

女娇已经跑不动了，可又不想被黑熊抓住，急得没法，也摇身一变，变成了一块不会动也不会说话的石头。禹见妻子变成了一块石头，对他不理不睬，心里也不高兴，便朝着石头大叫道：“你欠我一个儿子，得把我的儿子还来！”这时，石头竟向着北方爆裂开了，给禹生出了一个儿子。禹给这个儿子取名为“启”，“启”就是打开的意思。

成长启示

既没有亲近的人陪在身边，又远离熟悉的家乡，女娇感受到了无尽的寂寞，觉得日子过得凄苦，分外想念家乡的亲人朋友和风土人情。这种情绪被人们叫作乡愁。人们常常在离开家乡之后才发现，家乡是那么美丽动人，让人念念不忘，甚至后悔当初没有好好珍惜在家乡度过的每一寸光阴。所以啊，把握当下，趁着还没有离开熟悉的地方，我们要多看看周边的秀美风光，多跟身边的人一起创造美好的回忆。

要点思考

1. 禹命人建起的望乡台主要是做什么用的？
2. 谈谈你对女娇这个人物的认识。

望帝化鹃

导读

在古时候的蜀国，有一位深受百姓爱戴的明君，他生前励精图治，死后仍惦念着他的子民。他这一生，做错了一个事关重大的决定，事后他无力挽回，只能在悲愤中郁郁而终。这个决定是什么？它造成了怎样的后果？

很久以前，在蚕丛、柏灌、鱼凫（fú）三代帝王的治理下，蜀国人民的生活不断改善。有一天，天上忽然掉下了一个男子，落到蜀国的朱提山上，他叫杜宇。杜宇长大后成了蜀国的王，号望帝。望帝心地善良，年轻有为，继承了前三代帝王的意志，精心治理着蜀国的土地，深得百姓爱戴。

蜀国在他的治理下逐渐变得强盛起来，老百姓都不愁衣食。然而，有一个难题一直未能得到解决，困扰着望帝。自从他即位以来，蜀国几乎年年都要遭水患，凶猛的洪水每年都要吞没大量的良田和房屋，威胁着百姓的生命。多年来，望帝想尽办法治水，但始终不能根除水患。

这一年，蜀国又闹起了水灾，望帝心急如焚，寝食难安，几乎每天都要查看灾情。有一天，望帝去查看灾情的时候，突然发现水中一具男尸竟然逆流而上，向他们漂了过来。望帝觉得奇怪，连忙让卫兵把尸体捞了上来，放在岸边的草地上。令人吃惊的是，那死者被太阳一晒竟然复活了，他告诉望帝，自己是楚国人，名叫鳖（biē）灵，因失足落水，从家乡一直漂到这里。望帝听后觉得非常惊奇，便和他交谈起来。两人谈得非常投机，大有相见恨晚之感。望帝发现鳖灵非常有思想，是个难得的人才，更加令望帝开心的是，这个人竟然是个治水专家。望帝此时正为治水发愁，鳖灵的到来简直就是雪中送炭（在下雪天给人送取暖用的炭。比喻在别人急需的时候给以帮助）。望帝想：一定是老天看我蜀国连年遭水灾，可怜我蜀国的老百姓，才赐给我这么一个人才。于是望帝便将鳖灵这个来历不明的人封为了宰相。

鳖灵上任后，马上开始治理水患，他带着人仔细勘察（实地考察或调查。勘，kān）了当地的水情，发现是巫山挡住了水流，才引起洪水泛滥。于是，他下令开凿巫山，打通水道，使水流从蜀国流到了长江。从此蜀国的水患得到了解决，人民过上了安居乐业的生活，鳖灵也成了人们心目中的大英雄。

望帝看鳖灵解决了蜀国的大难题，决定重赏他，可是鳖灵当时已经是宰相了，位极人臣，望帝无法再给他更多的奖赏。左思右想，望帝决定效法尧舜，把王位禅让给鳖灵。退位之后，望帝到西山隐居去了。

相传，鳖灵是一只鳖精所化。他做宰相的时候，一向谨小慎微（对琐细的事情过分小心谨慎，以致流于畏缩），可是他成为国君以后，立刻居功自傲起来。他封自己为丛帝，开始独断专行，将

臣民的意见当作耳旁风，过上了骄奢淫逸（骄横奢侈，荒淫无度。奢，shē）的生活。他大兴土木，大肆选妃，甚至连望帝的妻子都被他据为己有。望帝得知这些事情以后，十分心痛。可是当时鳖灵已大权在握，望帝对他没有丝毫办法，只能一天到晚地沉浸在悲愤之中，哀声哭泣，不久便抑郁而终。

望帝死后，化身为杜鹃，日夜悲鸣，老百姓听到这声音，都非常思念望帝。望帝生前爱护人民，死后仍然惦念着百姓的生活，每到农耕季节，他总是飞到田间地头，“布谷——布谷——”地啼叫，提醒百姓赶快耕作，不要错过农时。百姓根据这啼叫的声音，给杜鹃起了个别名，叫“布谷鸟”。

成长启示

望帝心地善良，年轻有为，精心治理着蜀国这片土地，深得百姓的爱戴，是一位开明的君主。可是，他竟如此疏忽，对来历不明的鳖灵不加任何调查便委以重任，结果为国家和个人带来了莫大的损失。这就告诫我们，任何时候都要保持清醒的头脑，在做出决定之前，要对事物进行调查，并形成充分的认识，避免轻率行事。

要点思考

1. 望帝和鳖灵的相识过程是怎样的？
2. 在你心目中，鳖灵是一个什么样的人？

写作积累

● 寝食难安　相见恨晚　雪中送炭　来历不明　谨小慎微　居功自傲　独断专行　据为己有

延伸阅读

★‖本书名言记忆‖

◆光有勇气往往会变得鲁莽，要想把事情做好，还得有智慧。

——神农盗谷种

◆与其坐在这里听天由命，不如走出去寻找解决的办法。

——神农尝百草

◆若为了脱罪而有所隐瞒，那才是罪大恶极。

——杜康酿酒

◆我不喜欢黑暗，我要去追赶太阳，把它抓住，叫它固定在天空中，让世界不分昼夜，永远明亮。

——夸父逐日

◆我们不言放弃，世世代代不停地干下去，总有成功的一天。

——愚公移山

‖相关名言链接‖

◇智慧是命运的一部分，一个人所遭遇的外界环境是会影响他的头脑的。

——莎士比亚

◇既然我已经踏上这条道路，那么，任何东西都不应妨碍我沿着这条路走下去。

——康德

◇一个崇高的目标，只要不渝地追求，就会成为壮举；在它纯洁的目光里，一切美德必将胜利。

——华兹华斯

◇能赢得普遍尊敬的人，并不是由于他显赫的地位，而是由于始终如一的言行和不屈不挠的精神。

——列夫·托尔斯泰

◇我创造，所以我生存。

——罗曼·罗兰

◇智慧是一切力量中最强大的力量，是世界上唯一自觉活着的力量。

——高尔基

神话概说

神话是人类早期的一种不自觉的艺术创作形式。人类最早的故事大都是从神话开始的，它往往借助想象和幻想把自然力和客观世界拟人化。这些看似荒诞不经的神话，其实都是古代先民对宇宙、人类以及自然万物的起源所做出的各种不同的解释，它反映了原始人对宇宙、人类自身的思考。

神话一般分为开辟神话、自然神话和英雄神话三种类型。

第一类是开辟神话，反映的是原始人的宇宙观。内容涉及最初的天地是如何形成的和人类万物是如何产生的。比如《盘古开天辟地》《女娲造人》。

第二类是自然神话，是先民们对自然界各种现象的解释。如《燧人氏钻木取火》《蚕神》《巫山神女》《精卫填海》《夸父逐日》《望帝化鹃》等，对日月星辰、山川草木、风雨雷电、虫鱼鸟兽等的出现和变化做了有趣的解释。

第三类是英雄神话，这类神话产生的时间较前两者晚，但却是数量最多的一类，表达的是人类征服自然的愿望。这时候，原始人类已经不再对自然界产生极端的恐惧心理，而有了一定的信心，开始夸大想象，对具有发明创造才能或做出重要贡献的人物加以神化，塑造出具有超人力量的英雄形象。如中国古代的伏羲、神农、黄帝、羿等。

后世影响

神话是一个民族和国家宝贵的精神财富，在文学史上有着很重要的地位。它的题材内容和各种神话人物对历代文学创作及各民族史诗的形成具有多方面的影响，特别是它丰富奔放、瑰奇多彩的想象和对自然事物形象化的方法，与后代作家的艺术虚构及浪漫主义创作方法的形成都有直接的关联。不仅如此，神话还具有丰富的美学价值与历史价值。它与远古的生活和历史有着密切的关系，是研究人类社会早期婚姻家庭制度、原始宗教、风俗习惯等的很重要的文献资料。

‖相关评价‖

◎任何神话都是用想象和借助想象以征服自然力，支配自然力，把自然力加以形象化；因而，随着这些自然力的实际被支配，神话也就消失了。

——马克思

◎一个民族，如果失掉了神话，不论在哪里，即使在文明社会中，也总是一场道德灾难。

——荣格

‖读后感例文‖

神奇的世界

——《中国古代神话》读后感

《中国古代神话》这本书反映了中国古代先民生存发展及征服自然的历史，记录了人类对美好生活的追求和希望。这些故事流传千古，家喻户晓。从《盘古开天辟地》《女娲造人》到《羿射九日》《望帝化鹃》，这些动人的故事，将带你走入瑰丽多彩的神奇世界。

其中，我最喜欢的是《精卫填海》和《神农尝百草》这两个故事，相信大家对这两个故事并不陌生。《精卫填海》讲了这样一个故事。炎帝有个女儿名叫女娃，她非常喜欢玩水。有一次她到东海去玩，不幸被海浪吞没淹死了，但她的灵魂没有散去，变成了一只叫“精卫”的鸟，每天都要用嘴衔来石头和树枝投入东海。她想填平大海，让大海不再吞噬别的生命。

看了这个故事，我便喜欢上了这只叫精卫的鸟。因为精卫身上有不怕困难、坚强不屈的精神，这种精神令我敬佩。与广阔无垠的大海相比，它是那么渺小，但它一直坚持为自己的梦想付出努力。我相信只要我们向精卫学习那种永不言败的精神，做任何事都可以成功。

《神农尝百草》提到，在远古时代，大地上有许多野草，有的有毒，有的无毒，为了辨别出能吃的和不能吃的，有害的和有益的，神农品尝了上百种野草，然后一种一种地记录下来。终于他辨别出了哪些能吃，哪些有毒，哪些能治病，哪些能种植。神农为百姓做出了巨大的贡献，人们的生活因他的付出而越来越稳定。

这个故事告诉我们，世界上有很多人们不知道的事情，但我们可以通过一点点地尝试、一点点地记录，来慢慢积累经验，学习新知识。

书中还有很多其他的好故事，大家不妨一起来读一读，相信你也可以从这个神奇的世界中收获人生的启迪。

英雄的赞歌

——《中国古代神话》读后感

神话是一个国家和民族宝贵的精神财富，世界各国、各民族都有自己的神话，我国的神话更是丰富多彩。我们阅读这些神话，可以从中吸取各民族不断奋斗的精神，感受那多彩、美丽、奇特的神话世界；可以陶冶情操，丰富想象，激发我们追求自由幸福生活的热情。

《中国古代神话》收录了很多精彩的神话。《女娲造人》《精卫填海》《羿射九日》《鲧禹治水》……这些神话大都热情讴歌了人民群众勤劳善良和机智勇敢的美德。

我最爱读的要数英雄神话了。其中，我最喜欢的就是《夸父逐日》这个故事。我给大家讲讲这个故事的大概意思吧！从前，有一个叫夸父的巨人，他非常喜欢光明和温暖，于是开始追赶太阳，想把太阳留住。当太阳快落山的时候，夸父终于快抓住太阳了。可是，他的喉咙渴得直冒烟，他只好扭头去喝水，一下子就把两条河里的水都喝干了。然而，喝下的水没起一点儿作用，夸父只好往大泽赶去。可惜，他还没到大泽就倒下死了。临死时，夸父把手杖扔到远方，手杖变成了枝叶繁茂、果实累累的桃林。他倒下时，身体变成了一座大山。夸父为了让光明永远属于大地，不顾一切地付出，甚至牺牲了自己的生命，他坚持不懈和造福人类的精神值得我们赞赏和学习。

我想说，夸父，你真棒，你是不可战胜的巨人，我们将永远怀念你。

《中国古代神话》中还有许许多多像夸父一样的英雄，比如羿、黄帝、神农等，他们为人类做出了巨大的贡献，将永远活在我们心中。

知识考点

一、填空题

1. 关于天地的形成，中国古代神话《________》给出了详尽的说明，这则神话刻画了________这一英雄人物。

2. 关于人类的产生，中国古代神话《________》给出了解释。这个神话的主人公在共工怒触不周山之后，把五彩石炼成胶状液体用来________。

3. 蚩尤在攻打黄帝之前，集结了他那八十一个兄弟的力量，还请到了________、________来助阵。

4. 方雷氏以________为原型，发明了竹子做的梳子，让大家都能够把头发打理得整整齐齐。

5. 丹朱死后化作了一只鸟，被称为“朱”。这只鸟长得像________，爪子像人的手。

二、选择题

1. 下列各项中，哪一项与神农的经历无关？（　　）

A. 创制八卦　B. 尝百草　C. 盗谷种　D. 渡银河

2. 瑶姬被封为巫山神女后，在清晨会化作什么？（　　）

A. 细雨　B. 云彩　C. 白雪　D. 薄雾

3. 杜康是什么东西的别称？（　　）

A. 醋　B. 水　C. 酒　D. 蜂蜜

4. 夸父死前把他的手杖扔了出去，手杖后来变成了什么？（　　）

A. 梅花　　B. 梅林　　C. 桃子　　D. 桃林

5. 嫦娥吃了或喝了什么才会飞升到月宫？（　　）

A. 月饼　　B. 断肠草　　C. 弱水　　D. 不老药

6. 湘夫人指的是谁？（　　）

A. 娥皇和女英　　B. 精卫

C. 方雷氏和彤鱼氏　　D. 洛神

7. 是谁化作一条白龙来向羿寻仇？（　　）

A. 望帝　　B. 鲧　　C. 河伯　　D. 相柳

8. 禹在治水过程中得到了许多天神的帮助，除了下列哪一位？（　　）

A. 应龙　　B. 伏羲　　C. 共工　　D. 河伯

9. 刑天死后被埋在了哪里？（　　）

A. 苍梧之野　　B. 常羊山　　C. 不周山　　D. 九嶷山

10. 《蚕神》的故事里，把姑娘抓走的是什么？（　　）

A. 马皮　　B. 桑树枝　　C. 风　　D. 鸟

三、问答题

1. 《中国古代神话》为我们塑造了许多令人敬佩的角色，如《精卫填海》中的精卫、《夸父逐日》中的夸父、《羿射九日》中的羿、《舜的故事》中的舜。请写出两个你最喜欢的角色，说一说他们身上有哪些值得我们学习的优秀品质。

2. 阅读就有收获，阅读不同的神话能够获取不同的生活启示。请在下列神话中选择其中一个，谈谈你有什么收获。

《燧人氏钻木取火》　　《杜康酿酒》

《愚公移山》　　《望帝化鹃》

参考答案

一、填空题

1. 盘古开天辟地　盘古

2. 女娲造人　补天

3. 风伯　雨师

4. 鱼刺

5. 猫头鹰

二、选择题

1. A　2. B　3. C　4. D　5. D

6. A　7. C　8. C　9. B　10. A

三、问答题

1. 答：精卫——勇于追梦，坚持不懈。

仓颉——善于发现，不断创新，知错能改。

羿——重情重义，为人着想，勇敢坚强。

舜——心地善良，宽容待人，孝顺友爱。

2. 答：《燧人氏钻木取火》告诉我们：要想实现目标，就要树立不怕艰难、勇于进取、坚持奋斗的精神。

《杜康酿酒》告诉我们：仔细观察周边的一切，真理很可能藏在偶然发生的特殊现象之中。

《愚公移山》告诉我们：无论遇到什么困难，只要有恒心有毅力地做下去，就有可能成功。

《望帝化鹃》告诉我们：防人之心不可无，待人真诚并不意味着盲目地相信他人，我们要时刻保持清醒的头脑。

无障碍阅读·彩插励志版

第一辑

《童年》
《西游记》
《红楼梦》
《水浒传》
《昆虫记》
《名人传》
《稻草人》
《格林童话》
《伊索寓言》
《城南旧事》
《爱的教育》
《三国演义》
《骆驼祥子》
《繁星·春水》
《安徒生童话》
《海底两万里》
《鲁滨逊漂流记》
《朝花夕拾》
《钢铁是怎样炼成的》
《假如给我三天光明》
《汤姆·索亚历险记》

第二辑

《格列佛游记》
《绿山墙的安妮》
《雷锋的故事》
《唐诗三百首》
《成语故事》
《简·爱》
《中国古代寓言故事》
《中外民间故事》
《中外神话传说》
《中外历史故事》
《木偶奇遇记》
《寄小读者》
《小王子》
《老人与海》
《八十天环游地球》
《小橘灯》
《呼兰河传》
《论语》
《千字文》
《克雷洛夫寓言》
《小鹿斑比》
《中外名人故事》
《吹牛大王历险记》
《中华上下五千年》

第三辑

《荒野的呼唤》
《泰戈尔诗选》
《宝葫芦的秘密》
《小老鼠皮克历险记》
《小学生必背古诗词 75+80 首》
《小战马》
《红脖子》
《水孩子》
《安妮日记》
《列那狐的故事》
《柳林风声》
《欧也妮·葛朗台》
《小飞侠彼得·潘》
《汤姆叔叔的小屋》
《爱丽丝漫游仙境》
《地心游记》
《名人名言精读》
《尼尔斯骑鹅旅行记》
《神秘岛》
《森林报·春》
《森林报·夏》
《森林报·秋》

《森林报·冬》
《福尔摩斯探案集》
《莫泊桑短篇小说精选》
《四大名著知识点一本全》

第四辑

《欧·亨利短篇小说精选》
《细菌世界历险记》
《爷爷的爷爷哪里来》
《长腿叔叔》
《海蒂》
《朱自清散文精选》
《契诃夫短篇小说精选》

第五辑

《大林和小林》
《父与子》
《王子与贫儿》
《哈克贝利·费恩历险记》
《猎人笔记》
《居里夫人自传》
《格兰特船长的儿女》
《秘密花园》
《青鸟》
《人类群星闪耀时》
《寂静的春天》
《西顿野生动物故事集》
《飞向太空港》
《镜花缘》
《草原上的小木屋》
《丛林故事》
《小巴掌童话》
《给青年的十二封信》
《白洋淀纪事》
《湘行散记》
《梦天新集：星星离我们有多远》

第六辑

《世说新语》
《聊斋志异》
《儒林外史》
《我是猫》
《了不起的盖茨比》
《少年维特的烦恼》
《神笔马良》
《拉封丹寓言》
《希腊神话故事》
《山海经》
《地球的故事》
《十万个为什么》
《中国民间故事》
《中国古代神话》
《非洲民间故事》
《森林报》
《一千零一夜》

第七辑

《小英雄雨来》
《闪闪的红星》
《赤色小子》
《刘胡兰传》
《两个小八路》
《小游击队员》
《铁道游击队》
《李四光随笔：穿过地平线》
《世界经典神话与传说故事》
《欧洲民间故事：聪明的牧羊人》
《捣蛋鬼日记》
《胡桃夹子》
《兔子坡》
《带刺的朋友》
《今年你七岁》
《第七条猎狗》
《萤火虫的季节》
《雁翎队的故事》
《谁是最可爱的人》
《经典常谈》